L'ÎLE ET UNE NUIT

Le cyclone déchaîné se dirige vers la Guadeloupe. Partout, on s'enferme, on cloue portes et fenêtres. Il va falloir résister toute la nuit à l'enfer caraïbe une fois de plus rouvert.

Marie-Gabriel veille seule, barricadée dans la vieille maison des Flamboyants, héritée des ancêtres et des parents disparus. Shéhérazade antillaise, elle parle, écrit, lit, chante, téléphone, pour trouver force et courage, apprivoiser le malheur avec ses espérances, dans son refuge qui s'écroule pièce après pièce, tout au long des sept heures que dure le déluge.

Sept heures, sept chapitres, sept *modes* où la voix humaine, le téléphone, la page d'écriture et de lecture, les cassettes de musique se conjuguent à d'autres voix plus anciennes que la mémoire humaine : murmures des dieux, messages de l'ouragan, de la case et du manguier. A la fin, le narrateur et l'héroïne se démasquent, entre retrouvailles et solitudes, au milieu des contes créoles et des mythes fondateurs de la Caraïbe, dans une éblouissante re-création d'une île-Désirade, reconquise pour l'avenir sur les débris d'histoire de quatre continents.

Ce roman, inscrit dans le sillage de *L'Isolé Soleil* et de *Soufrières*, est aussi la manifestation d'une énergie littéraire dans le creuset de la Caraïbe, ouverte à tous les métissages de la mémoire et de l'avenir, du déluge et des volcans, de l'histoire avec la géographie, dans les polyrythmies de ses langues, de ses musiques, de ses soleils et de sa nuit.

Daniel Maximin est né à la Guadeloupe, au pied de la Soufrière. Poète, essayiste et romancier, il a publié trois romans aux éditions du Seuil : L'Isolé Soleil *(1981),* Soufrières *(1987) et* L'Ile et une nuit *(1995), et un recueil de poèmes,* L'Invention des désirades *(Présence africaine, 2000).*

Daniel Maximin

L'ÎLE ET UNE NUIT

ROMAN

Éditions du Seuil

TEXTE INTÉGRAL

ISBN 2-02-056476-9
(ISBN : 2-02-025759-9, 1re publication)

© Éditions du Seuil, septembre 1995

www.seuil.com

à Maryse

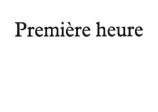

Première heure

1

L'autre cyclone du siècle est annoncé.

L'énergie-désespoir prend des forces depuis trois jours sur l'océan de septembre, préparant son menu d'îles-Caraïbes à dévaster au hasard.

Nous allons laisser vivre la catastrophe jusqu'à la satiété de sa violence, brasser rêves et cauchemars sans dormir, pour avoir une chance d'arriver jusqu'à sa fin, qui aura bien dégagé le ciel pour le premier soleil, afin qu'il sèche vite le pain, les yeux, l'espoir et les matelas.

Nous allons chercher ensemble les mots qui disent à la fois la tragédie de la lumière coupée et la résistance de la dernière bougie, jusqu'au relais du jour qui finira la veillée.

Ensemble, nous aurons très soif de paroles enracinées, nous allons réveiller en nous la franchise et l'invention des conteurs des soirs de mortalité. Seuls, entre nous, sans le voisinage occupé à ses propres deuils. Sauf que la maison ne passera pas la nuit ouverte pour laisser l'âme du mort s'en aller tranquille hors de son cercueil.

Ce sera une veillée sans contes ni chansons, où il nous faudra pourtant sans cesse caresser nos peurs et nos silences pour ne pas engourdir les gestes de survie, sortir toutes nos réserves de paroles les plus fortes, les plus belles, les plus imaginées vraies.

Une veillée non pour célébrer la mort (pas de suicide pendant une nuit de cyclone), mais pour soutenir ensemble la résistance de nos maisons et de nos arbres, et surveiller sans relâche les bougies, car on ne saurait laisser brûler la case sous prétexte de laisser le vent dehors.

Qui marche seul n'avance pas. Qui meurt tout seul ne sème pas. Qui espère seul n'attend rien. La Guadeloupe est plus qu'un arbre. Même sans racines elle peut fleurir. Notre île est une vraie case, édifiée par notre grande famille d'orphelins fiancés. Assez fertile en cas de cyclone, séisme ou éruption pour préserver des grains de sable et des gouttes d'écume et récolter des racines.

Mais surtout, ce soir, il nous faudra prendre bien garde à nous, à bien préserver le nous de chacun. Espoir et désespoir n'habitent pas qu'une seule tête.

Il nous faut reparler ensemble, rejouer à la famille nombreuse, crier, pleurer ou rire en additions de chacun, chanter, danser, se cacher sous la table, périr ensemble s'il n'y a plus rien à faire, et surtout ne jamais jamais s'échapper dehors tant que le cyclone n'est pas parti plus loin.

Chacun sa page s'il le faut, mais dans le même cahier.

Il faudra taire pour cette nuit la prière du soir de tant d'entre nos femmes : *Mon Dieu, donnez-moi la force de rester seule, même sans vous.*

Nous savons bien que ce n'est pas facile tout seul de rester entre nous, pour tenter de vivre ensemble le danger qui nous attend ce soir. Et qui n'attendra pas que chacun chez soi vérifie bien que nous sommes tous ensemble.

Nous avons juste eu le temps avant l'alerte numéro deux de faire provision d'eau et de conserves. Des vieilles dames se moquaient des jeunes et des étrangers qui charriaient des caddies de surgelés, sans se rendre compte que l'électricité sera coupée pour longtemps. Dix années sans cyclones altèrent l'héritage des gestes instinctifs de survie. L'après-midi, calme et sans vent, s'est passée à consolider ; chez soi, ou en coups de main rapides chez un parent ou un voisin encombré. Tous solidaires, les humains, les cases et les arbres, mais chacun si possible chez soi, les familles enfermées, les maisons barricadées et les

arbres en sentinelles. On a déjà vu des cases empor-
tées venir se corner contre deux arbres sans se briser,
ou encore des arbres déracinés s'abattre sans écraser
la maison édifiée sous leur ombre, en léguant à portée
du lendemain une dernière récolte de cocos, d'avocats ou de fruits à pain.

Oui. De solitude en voisinage, de voisinage en
paysage et d'île en île sinistrée, jamais notre nudité
n'est aussi spacieuse qu'au moment où le cyclone
– ce diable toujours venu d'ailleurs – impose à chacun une nuit d'enfermement.

A la différence du séisme et du volcan.

Car pour nous qui l'avons déjà vécu, nous savons
que le tremblement de terre catastrophie nos pieds,
embarquant le sol en lames de fond sans eau. Sans
prévenir pour préparer nos bases et nos replis. Avec
en nous une peur sèche dont la cause cesse avant
qu'on l'ait tenue, sans même un lieu tangible à fuir,
ni un temps suffisant pour chercher un refuge qui
n'existe ni dehors ni dedans. Solitude absolue. (Laissant seul intact une fois le fronton de l'église de
Pointe-à-Pitre pour signaler aux survivants l'heure
exacte du séisme à l'horloge stoppée net : 10 h 35.)

Et pour nous qui l'avons déjà vécu, nous savons
que l'éruption catastrophie nos têtes. Courbé sous

14

le feu des cendres, le ciel s'abaisse sur nous sans étoiles ni soleil, et l'île culmine ensuite moins haut. Les Soufrières évacuent frères et sœurs aux autres coins des îles, pour mieux semer leur terreau fertile sur le pays en jachère.

Mais le cyclone, lui, sans pied ni tête, voleur d'eau de mer sans feu ni lieu, faufilé entre cimes et racines, dédaigneux des continents, c'est en plein cœur des îles qu'il vient de très loin nous frapper, juste là où s'élaborent les avenirs sans cimes ni racines.

Loin des patiences et des urgences fantasques de l'éruption et du séisme (rendez-vous dans deux minutes, ou deux mois, ou vingt ans, ou toujours en fin de siècle ?), depuis des siècles, nos cyclones se rient des prévisions naïves des chroniqueurs. En 1667 : « *Les houragans n'arrivaient autrefois que de sept ans en sept ans, mais ils sont devenus plus fréquents depuis que les Antilles sont habitées.* » Et en 1713 : « *Il y avait déjà, Monseigneur, plusieurs années que l'on n'entendait plus parler d'ouragans en ces îles, et il semblait même qu'on en avait perdu l'idée.* » En vérité, le cyclone a sa saison toujours chaque année, fatalité de l'archipel ne laissant au hasard que le soin du choix des îles à dévaster.

Aussi, jamais tant que pendant le cyclone, nous ne nous sentons aussi enracinés. On ne fuit pas, on n'évacue pas. On va au plus loin chez le plus proche voisin qui a construit en dur. On délaisse les églises, elles manquent de paravents. (Au Moule, une seule tôle a traversé l'épais portail pour se ficher droit jusqu'au chœur.) Et puis il faut rester pour aider les maisons. On évacue les villas riches : trop de baies vitrées hermétiques au vent vont les casser net en tout premier. On n'évacue pas les HLM, car les claustras-Berthelot vont offrir au vent son minimum vital pour calmer sa poussée. A cause de l'eau, on va peut-être tout perdre dans la maison. Mais on aura préservé la maison.

Les oiseaux ont disparu, les arbres sont immobiles, nos souvenirs remontent pour préparer l'avenir :

Tout le paysage se prépare à se prosterner, et fait avec les hommes des provisions de silence et d'immobilité.

Les couleurs et les parfums reprennent provisoirement le chemin des racines. Les douze notes de l'indicatif de Radio-Guadeloupe égrènent son avancée de quart d'heure en quart d'heure, et on espère l'annonce de son détour entre les mailles de toutes nos îles.

Jusqu'à la démission de l'espoir.

Le vent va investir clou à clou par le toit nos cases barricadées. A l'intérieur, on a entassé les matelas sur le grand lit, rassemblé dans des sacs plastique pain, sardines, biscuits, argent, papiers et bougies, installé un bivouac dans la salle de bains – repli ultime dans la seule pièce sans ouvertures –, cloué les pieds de la table de la salle à manger qui servira de dernier toit, parce que, même si la maison s'éventre, il ne faudra jamais sortir.

16

Au-dehors, le vent rasera cannaies et bananeraies, sectionnera à coups de feuilles de tôle le corps des arbres dont les racines auront résisté, fracassera cases et villas, forcera portes et fenêtres pour sauver les murs, dans une immense braderie de branches et de meubles liquidés. Et la mer viendra rajouter son sel, lécher les vitrines des magasins du port, déménager les entrepôts, dérader les rêves des pêcheurs dans un bris de saintoises et de yoles, et démonter au cimetière le décor de lambis des morts plus malheureux.

On n'aura pas vraiment dîné. Mais pendant trois jours, on sera tenu même sans faim de faire bombance avec les dégelés et la basse-cour assassinée.

Au final du compte, en raison des progrès du progrès, nous n'aurons pas à annoncer plus d'une vingtaine de morts et dix mille sans-abri. Et la mesure de ce petit nombre sera incommensurable à l'ampleur réelle de la catastrophe, mais nous vaudra un crédit sincère de compassion, d'argent et de béton, sans qu'il nous soit donné de relever ensemble ce défi, avec nos milliers de ventres au cœur et de mains réunies.

Entre-temps, nous aurons foi, cette nuit ensemble. Avec chacun nos deux yeux, nos deux mains, et nos deux cœurs.

Et le nouveau soleil sera fait de tous nos rayons redressés.

Nous pourrions tous tenir ensemble dans la grande maison des Flamboyants. Toutes les barres des volets et des grosses portes sont clouées. Le transistor a des piles neuves. Nous suivons méthodiquement les directives de nos traditions : aller cueillir derrière la cuisine les feuilles de corossol et les roses-Cayenne destinées à calmer les lassitudes de la semaine qui vient. Sauver dans le potager citrons, piments, persil et toutes les herbes du bouquet à soupe. Il y a trop de fleurs dans la maison comme pour un trop-plein de deuil ou de communion, car nous avons tout cueilli au-dehors, avec Élisa et Gerty, pour laisser aux roses et aux anthuriums la chance de mourir fanés.

Hier, vendredi, après l'annonce de l'alerte numéro un, Rosan est passé rapidement pour inspecter l'état des Flamboyants. A cette heure, le cyclone n'avait pas encore jeté son dévolu entre nos deux îles sœurs Martinique et Guadeloupe. Et le plus grave selon lui dans cette progression lente en zigzag, c'est que nous ne saurions que très tard par quel bord de l'île il se présenterait, et par conséquent quelles façades seraient les plus exposées.

Rosan nous surprendra toujours avec son obsession de préparer les résistances plutôt que d'organiser les fuites, avec ses documents de science ou d'histoire sur la géographie de nos malheurs et de nos luttes, ses petits carnets noirs sur l'éruption de la Soufrière en 1976, et sur le cyclone David en 1979. Minuscule pêle-mêle en discrets caractères de consignes de sécurité, de gestes de prévention, d'hypothèses de prévisions, de relevés savants et de poèmes méticuleusement choisis pour leur précision à décrire notre cadastre.

Pour cette fois, il nous a laissé en partant un texte de Saint-John Perse, une lettre inédite retrouvée par la responsable du musée de Pointe-à-Pitre, une mine de renseignements, dit-il ironiquement, pour les paysans qui n'ont pas fait d'études :

Avant le cyclone, il y avait une baisse de tension atmosphérique et une lourdeur de l'atmosphère. Tout paraissait frappé de stupeur. La lumière devenait étrange. D'abord il y avait pendant quelques heures un silence, un calme étranges dans la nature. La brise tombait. Pas une feuille ne bougeait. C'était effrayant, l'arrêt de la brise habituelle. Puis venait un signe qui ne trompait jamais, de loin en loin, sur les endroits dégagés de végétation, des petites et subites spires de vent. Puis de petits tourbillons soulevant une plume, quelques feuilles mortes sur la terrasse ou dans la savane. Les bovins mugissant, en s'orientant dans un certain sens pour affronter le cyclone. Le taureau appelait les vaches.

Tout le troupeau descendait alors du pâturage en demi-cercle dans une certaine orientation. On savait alors

qu'il allait y avoir un cyclone et on n'enchaînait pas les
bœufs.

Alors c'était le branle-bas dans la maison. D'abord
détacher les bêtes, les chevaux, les bêtes à cornes. Puis préparer les maisons. A la Joséphine, il y avait un boucan,
pour sécher les graines de cacao. Il fallait le rentrer dans
les hangars. On avait bâti des séchoirs enfouis au ras de
terre. Les hommes se mettaient là.

Il fallait fermer la maison au vent. Derrière la porte
on entassait des meubles, armoires, bibliothèques, tables,
des madriers, des matelas pour empêcher le vent de s'in-
sinuer dans les moindres fissures. Mais on laissait ouvert
le côté sous le vent, pour éviter que la maison n'éclate
si le vent y pénétrait avec violence. Quand la direction
du cyclone changeait, que l'ouragan tournait, il fallait
faire une contre-manœuvre à laquelle participaient dans
une grande précipitation tous les domestiques. Enfant, ma
mère me faisait mettre sous une table, dans le salon, pour
me protéger si la Joséphine s'écroulait.

Il y avait un domestique qui faisait le guetteur dehors,
qui annonçait la direction du vent, son changement. On
l'entendait crier. Quelquefois, on faisait sortir un second
qui partait à plat ventre dans le vent pour prendre des
nouvelles du dehors. On apprenait alors que tel arbre était
déraciné, que le moulin était tombé, que le toit du hangar
était arraché, etc. Il donnait aussi des nouvelles des pro-
priétés voisines.

Après le cyclone, on avait l'impression de sortir de

l'arche de Noé. Pour un enfant, c'était comme une recréation du monde.

La première chose, stupéfiante, que l'on découvrait : la maison, de blanche, était devenue noire! Comme un catafalque noir! Parce que les feuilles mouillées, arrachées des arbres, s'étaient collées sur les parois de la maison, les unes sur les autres, dix couches d'épaisseur parfois. Ces feuilles devenaient rapidement noires dans l'humidité. Il fallait les gratter au couteau et repeindre la maison en blanc.

On allait voir ce qui restait des troupeaux, les rassembler. Les arbres étaient coupés par les tôles arrachées des toits, parfois abattus. Les torrents de la montagne débordaient. Après le cyclone, soudain ce calme plat : la nature étourdie, inerte…

Nous tous ensemble, ce soir, nous nous passerons de domestique guetteur. On verra encore mieux le pire de l'intérieur. Mieux vaudra guérir ensemble que prévenir tout seul. Et nous n'allons pas encore ajouter au vacarme la hantise de nous écouter crier. Combien sont morts dans les cyclones au Matouba, pour tenter d'éclairer la Joséphine sur son sort? En plein déluge, il ne nous faudra pas sortir de l'arche avant Noé.

Ce n'est pas le moment de nous abandonner aux arbres et aux maisons. Rosan au téléphone nous a dit qu'il préférerait rester fermé dehors à surveiller sa terre sous le hangar. Comme s'il allait avoir moins mal à regarder mourir ses animaux, à voir de ses yeux vu arracher ses melons et ses avocats, et dévaster ses bassins à ouassous.

Laissons à d'autres le désespoir si commun parmi nous des rêves de ruines et d'apocalypse bien totale pour asseoir les projets de renouveau. Et souvenons-nous aussi de la parole du poète en exil apprenant que la Joséphine, l'habitation de son enfance, avait été rasée par le cyclone : « *Tant mieux. Qu'ainsi en emporte toujours le vent.* »

Rosan, tu vas te calfeutrer comme nous à l'intérieur, pour ne pas voir de tes yeux l'arrachage intégral du travail de ton année. N'oublie pas que nous t'avons tous aidé à construire votre maison en coups de main, selon tes propres plans méticuleux. Tu as pris soin comme avant de ne pas recourber les clous qui tiennent les tôles, pour qu'un cyclone futur puisse les arracher sans forcer la charpente. Souviens-toi du jour de sueur et de fierté où nous avons monté la poutre maîtresse en mahogany, si épaisse, si dure, portant la charpente marine d'un seul tenant. Et les femmes y ont pris leur part, Gerty, Élisa, et nous. Même si les tôles partent en fétus, nous sommes confiantes en ton toit. Sans tant mieux ni tant pis.

Ici, aux Flamboyants, toutes les pièces ont bien été barricadées. Avec dans chacune d'elles un sac avec du pain, des bougies et des vêtements en cas de repli dans l'une ou l'autre. Rien oublié. Clous, tenailles, marteau et fil de fer sont dans une boîte au milieu du salon.

Les premières rafales arrivent avec les premières trombes d'eau. Déjà la pluie frappe les murs presque à la verticale : la pesanteur pèsera peu. L'électricité marche encore. Et le téléphone aussi. Nous n'avons pas cessé de nous téléphoner.

Rosan avait lâché ses bœufs depuis midi. Ils avaient changé deux fois la direction de leur rassemblement, puis, vers 4 heures, ils s'étaient repliés en demi-cercle en contrebas des bassins de ouassous. C'est alors qu'il nous a rappelés pour nous indiquer que, selon ses calculs, d'après la position des animaux, le cyclone arriverait droit par la Désirade et la Pointe-des-Châteaux, transperçant l'île juste derrière la Soufrière, qui allait ainsi protéger un peu le Sud Basse-Terre et sa maison de Baillif. Les Flamboyants ici à la Lézarde allaient se trouver en plein sur sa trajectoire. Plus tard, la radio a tout confirmé, et parlé de vents qui allaient souffler à près de trois cents kilomètres à l'heure, intensité jamais enregistrée depuis l'installation de la météo en Guadeloupe.

Le téléphone sonne encore. Cette fois, c'est notre petite Siméa qui parle, réfugiée chez Rosan à Baillif avec sa mère Gerty, pour passer ensemble le cyclone, loin de leur maison plus fragile de Goyave où elles résident toutes deux depuis la séparation du couple. Elle aurait voulu réunir ses parents ici avec nous, bien qu'il soit déjà trop tard. Rosan avait ramassé tout l'après-midi des kilos de melons, entreposés sous le grand lit, qui embaument d'une odeur de gourmandise toute sa maison calfeutrée. Siméa, elle, depuis qu'ils se sont enfermés, a une envie folle de venir aux Flamboyants déguster les raisins de sa marraine Marie-Gabriel, ses grappes de gros *Italia* blancs qu'elle achète de temps en temps, caprice exotique nostalgique de Paris. Mais ce serait surtout pour lui faire raconter une dernière fois le conte des treize poussins dans le cœur de l'un desquels se cache chaque soir le futur soleil levant. Et la nuit, chaque soir, a le droit d'en tuer juste un seul. Mais depuis la naissance de la légende, la nuit n'a jamais encore réussi à tuer le poussin porteur du soleil du lendemain. Cette histoire, que nous lui avons contée pour son anniversaire, une histoire uniquement réservée aux soirs de doutes et de renaissances et que Siméa demande à réentendre ce soir, au moins entre nos téléphones si éloignés, afin de bien s'assurer auprès de l'écouteur que les dieux beaux joueurs n'ont pas donné aussi au cyclone ce droit de mort sur le soleil endormi. Alors on pourrait enfin endormir bien avant l'aube, tranquilles entre père et mère, tous les enfants.

Sur un dernier silence de l'adolescente, nous avons

raccroché. Dehors, les arbres ont commencé à souffrir. L'avocatier est lourdement chargé. A huit jours près, on aurait pu récolter matures tous les avocats. Les mangues et les letchis du carême sont terminés depuis longtemps. Nous avons refermé les volets sur les arbres. Les oiseaux aussi les ont abandonnés depuis ce matin. Les arbres ont donné tellement de fruits cette année que la mère de Toussaint avait prévenu qu'il y aurait un grand cyclone chez nous. Même notre manguier a porté deux fois avant l'hivernage. Les arbres, qui savent, prenaient des forces en prévision.

Au-dehors, le cyclone a déjà commencé à noircir la façade de la maison. Mais il n'est pas question d'imaginer l'extérieur de notre tombeau fermé. Bien au chaud dans l'histoire vraie, notre imagination non plus ne doit pas quitter l'intérieur de la maison. Surtout ne pas délirer. Mais rêver de l'intérieur. Laisser couler la bonne peur en nous, celle sans plaintes ni soupirs, une peur avec un vrai sujet : une petite fin du monde à endurer sans forcément mourir, avec cassures et déchirements, brisures et craquements. Sans besoin de chuchoter au secours entre nous sans qu'un seul l'entende, car nous sommes tous ce soir attentifs à chacun, les cinq sens en éveil et le sixième pour voir dehors. L'île pliée sans rompre, battue ce soir heure par heure, à rebâtir demain.

Les cataclysmes nous suivent et se ressemblent.

Ouragans, *U Ra Kan, Diables du ciel* des ancêtres caraïbes. Destructeurs des saisons, fils chaotiques de ciel noir et d'aube obscure, mauvais vents sans terre mal nés sur l'océan, frères furieux de Zéphyr et d'Aquilon abandonnés à l'étourdie sans noms propres tombés des cieux et que les humains chaque année baptisent dans l'ordre sur une liste alphabétique de prénoms. Depuis nos premiers souvenirs : Betsy en 56, puis Édith, Helena, Cléo, Inès et, à six jours de distance la même année 79, David et Frédéric.

Et puis, voici ce soir celui dont la force annoncée dépasse celle de tous ceux-là et nous fait remonter jusqu'à l'ancêtre innommé de 1928. Le cyclone des grands-parents, le plus grand désastre du siècle brusquement rappelé de l'oubli dans lequel d'autres générations de malheurs l'avaient relégué :

Les maisons culbutées, éventrées, les rues encombrées de débris de toutes sortes, les arbres réduits à leurs troncs, pour ceux du moins qui n'ont pas été déracinés. Le pays devenu méconnaissable. Toute une terre dévastée, roussie. Toutes sortes de choses horribles, de scènes atroces, dont le nombre allait croissant. Des cadavres arrachés aux décombres. L'isolement, toutes les communications interrompues, la famine et l'épidémie devant soi, parmi les fers tordus, les poutres rompues, les maisons renversées…

Milliers de morts. Et par familles entières. Blotties ensemble dans leurs refuges massacrés. Le souvenir obsédant de l'écrasement de toute la famille d'un père futur, resté seul survivant, pour s'être échappé de l'école afin d'entendre répéter l'orchestre haïtien de ses rêves ; rescapé musical dans la cave du Grand Hôtel Royal.

Car, à cette époque-là, les cyclones arrivaient sans prévenir, sans s'être annoncés. Ils pouvaient ainsi surprendre les vivants et les morts prisonniers de notre géographie, et les détruire ensemble, comme celui de 1928, surgi en plein milieu du quotidien : portes grandes ouvertes, cases écrasées, cimetières noyés, familles séparées, hommes au-dehors, enfants à l'école, femmes seules avec la maison.

Il lui était même arrivé il y a très longtemps, au début de l'histoire, à trois siècles d'ici, d'advenir au milieu d'une première grande révolte d'esclaves, interdisant aux soldats d'investir les grands fonds, et empêchant la jonction des troupes du chef des nègres marrons avec l'autre groupe des révoltés de la Basse-Terre. Une autre fois, ce fut toute une escadre anglaise qu'il attaqua dans le canal des Saintes. Huit mille soldats coulés vifs avant l'assaut du Fort de Basse-Terre. (Peut-être la vengeance d'U Ra Kan, géant du vent, contre le traité de déportation des derniers Indiens vers les réserves de la Dominique et de Saint-Vincent...)

Le vent de mort s'est maintenant bien installé. Nous sommes encore au chaud, au sec dans la maison, calfeutrée en tombeau de nos vies comme elle le fut il y a soixante ans pour le salut des parents disparus. Notre case des Flamboyants vaillante comme un grand-père debout hors d'âge sous lavalasse ou vent levé. Courbée vivante et renaissante cyclone après séisme, sûre de n'avoir pas épuisé le capital des sept générations à faire vivre sous son toit. Un toit pour notre vie hélas sans maison mère, ni domicile fixé, mais une maison de grand-père, enracinée entre ses arbres, poteau-mitan bien planté parmi les autres pieds de fruits. Case antillaise tout en portes, en fenêtres et en persiennes, jamais hermétiquement fermées aux jalousies de la lumière, des cœurs et des yeux. Notre maison bien commune, case sans chacun pour soi, construite juste pour la pudeur, mais pas l'intimité ni la solitude, avec ses palissades ajourées qui laissent passer l'air des querelles, les rires du jour et les cris d'enfants, et obligent à chuchoter la musique des chambres d'amour.

En 1928, cette maison des Flamboyants a bien tenu, protégée par ses trois rangées de cocotiers, tous tombés ce jour-là. Pour ce soir, seuls sont restés en vigilance : le pied de letchis et l'avocatier bien adossés à l'arrière de l'habitation, l'énorme manguier à vingt mètres à l'avant et la rangée de jeunes palmiers royaux plantés par le grand-père après les dégâts de Betsy. Et la maison a été restaurée il y a deux ans, les poutres maîtresses rongées par les termites ont été remplacées, la toiture refaite, les tôles repeintes fièrement rougies en feuilles de flamboyants.

Ensemble, nous allons nous défendre. Suivre l'exemple de la maison. Grincer, gémir, plier comme dans la vraie vie d'une maison que la résistance patine, mais ne délave pas. Nos vies, ce soir, lui sont toutes confiées. A cette vieille maison qui a depuis longtemps cessé d'allaiter, qui a laissé partir sans grincer les morts et les enfants grandis, par toute porte entrebâillée.

On ne voit pas comment le mot « fin » pourrait trop brusquement s'inscrire dans un refuge depuis si longtemps si fragile et si sûr. Une maison fidèle remplie de traces de rafistolage pour nous rappeler qu'en plus des blessures des cyclones et des tremblements de terre, elle a failli brûler en 76 pendant l'éruption de la Soufrière, s'il n'y avait pas eu notre Élisa pour prévenir et sauver l'essentiel à la fin. Une maison qui ne saurait trahir puisqu'elle n'a rien promis de sûr, juste un refuge composé de sorties provisoirement barricadées. Une grande case avec blessures de bois fendu mais sans suicide ni maladie, qui pour durer ne provoque pas l'éternité avec des pierres de taille et des ferrements bétonnés, mais qui saura plier pour nous survivre, nous replier de pièce en pièce vers son dernier poteau-mitan, d'heure en heure jusqu'à demain matin quand le malheur aura fini de respirer notre air.

Notre maison forte et fragile est trop précieuse pour rester seule ce soir.

Il faut maintenant nous préparer pour la perte de l'électricité. Nous avons fait provision large de bougies. On peut luxueusement en allumer par avance deux dans chaque pièce, afin de prévenir le coup de cafard de la lumière partie, le traquenard des meubles déplacés où l'on se cogne car les bougies assombrissent d'abord les yeux avant d'éclairer la pièce.

Il nous faudra, face aux verrous, trouver un rythme de ralenti. *La patience est une pierre au cœur de laquelle une source creuse sa sortie.* Nous allons transvaser calmement la dernière tournée de café dans le thermos, faire le tour des pièces pour penser à guetter les premières fuites à colmater, bien entendre la radio sans trop l'écouter de près : *23 h 45, le centre du cyclone est sur la Désirade, le relais météo a transmis une vitesse du vent de 215 km/heure avant de se taire, antenne cassée.*

Qu'y a-t-il encore à raser sur la Désirade, cette longue roche aride plantée là comme une remorque à l'archipel ?

Un déluge salé peut-il faire du bien à une terre sans eau douce ?

Ou alors le cyclone veut-il commencer par s'entraîner à vide en Désirade avant de traverser le cœur de l'île, et nous prévenir qu'il nous trouvera même sur l'île déserte ? Chacun de nous, chacune de nos maisons ce soir est une île Désirade.

Mais voici que nos premières bougies déjà vacillent pour nous ramener à la vigilance intérieure de la maison. Laissons la Désirade, trop facile à noyer comme un cercueil rempli. Il ne faut pas sortir de la maison. Ne pas laisser la radio nous distraire de notre sûr enfermement. Surtout ne pas tenter d'imaginer l'horizon, et tous les ti-gens cachés derrière, là où la Pointe-des-Châteaux essaie depuis si longtemps de scier les vagues pour couper la mer en deux. La mer ne peut rien faire pour aider l'île ce soir, face à cette caravane de caravelles en furie qui vont fendre la mer (où les poissons sont descendus très bas se réfugier), fendre l'air (laissé vide par les oiseaux), puis fendre les îles restées ancrées à l'archipel. Fidèlement en rade comme la maison des Flamboyants, nid planté, qui pour ne pas désespérer nos résistances doit abandonner provisoirement tout souvenir d'oiseaux et de poissons.

Ce soir, les miroirs n'ont pas été recouverts d'un drap : ce n'est pas une veillée de mort, mais une veillée de survie. Nous avons fait dans toutes les pièces le tour de notre monde. Il ne faudra pas compter sur les yeux des autres pour mieux voir : autour de minuit, tous nos miroirs l'un après l'autre n'ont reflété qu'un seul regard.

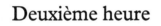

Deuxième heure

2

La lumière est partie.

Vous êtes ici, seule, face aux verrous, vos yeux grands ouverts, attentifs. Au-dehors, le déluge s'acharne à investir pluie et vent l'espace du dedans.

Vous vous êtes enfermée dans la chambre, repliée sur le grand lit, avec quelques livres-tisons pour éclairer le noir.

L'eau suinte déjà par les portes du salon.

Vous résistez, sous le grand camouflage des vies livrées en pages ouvertes à vos visages et vos masques dans la chambre recluse. Vous tenez bon, délivrée des fuites inutiles face aux eaux de mort, face à cet enfer enragé autour de tous vos intérieurs. La lampe à pétrole illumine la chambre à mèche déployée, prodiguant une petite heure de gaspillage d'éclats pour écouter les derniers échos de vos pages fraternelles. Une heure prodigue d'énergie et d'espoir : en mémoire du feu, de vos frères volcans et des amnésiques aux souvenirs obscurs.

Vous vous faites panthère, prisonnière dans la fosse, avec le thermos de café chaud, en compagnie du petit lézard endormi comme chaque soir sur le pied de la lampe, et que vous n'avez pas voulu chasser ce soir par la fenêtre comme à chaque soir d'écriture. Le sucre a été oublié dehors dans la cuisine barricadée.

Vous ne voyez personne sur la mer. Elle est aussi seule que vous.

Cependant, à porter profondément votre regard intérieur, vous pouvez apercevoir l'avant-garde des armées de l'horizon sur des chevaux noirs à crinières de feu. Tornades torrides cependant porteuses d'une bouteille à la mer, que les autres n'ont pas vue, n'ont pas sentie passer, au milieu de l'obscurité et du fracas, du tourbillon de fenêtres, de portes et de toits ravagés.

Mais vous, vous n'êtes pas prête à avaler vos papiers dans l'espoir d'un anonymat protecteur. L'eau verte des feuilles d'enfance rafraîchit la chambre sans fièvre ni délire ni insomnie. Pour l'instant.

Et vous reconnaissez par exemple cette autre femme méconnue, aveuglée comme un phare qui aurait quitté son promontoire rocheux à l'approche du grand vent pour fuir vers la lumière de la terre :

Dès la première page de la vie, elle vécut le plus effroyable cyclone qui ait jamais ravagé les Antilles. Car sa maison, fuyant la mort et le désespoir, se mit à dériver comme une feuille dans un caniveau. Vous avez fermé les yeux sur l'énorme branchage d'un arbre qui flottait, noueux comme les mains de la malédiction. Et vous avez demandé des armes pour pouvoir défendre le bonheur à la fenêtre, sachant déjà que chaque malheur entraîne avec lui son dû d'espérance avant la tombée du rideau…

Mais le délicat écheveau des repères se brouille au passage brutal d'un moustique à votre oreille qui vous oblige à le suivre jusqu'à votre propre rideau.

L'accès de démence du vent vous éclaire le cœur, qui se met à penser aux autres îles Caraïbes, balayées par la queue du cyclone sur le dernier cercle des Antilles. L'Atlantique mis au courant reflue à grandes vagues vers l'Europe entre les mers de nuages. Les bateaux fuient, mais les îles ne bougent pas, trop belles pour y voir, prises au piège du grand camouflage tramé par leurs désirs inassouvis :

Au cœur du cyclone ce soir tout craque, tout s'écroule, quelque part où personne n'ira suivre. Ni vos balisiers, ni vos frangipaniers, ni vos flamboyants ne résistent à la brûlure du sel de pluie. Plus le souffle du vent s'évertue à prendre allure de cataclysme, plus s'agrandit en vous le rêve d'une terre illimitée où les lianes sauront charmer les précipices, où les faims, les peurs, les haines et la férocité brûleront au creux des mornes en flammes de gerberas, d'hibiscus et de flamboyants.

Jusqu'au fond de vous-même le vent s'est levé, par la bouche noire que vous cachez à l'arrière de votre tête. Le vent a pénétré par le couloir profond de votre gorge, balayant les barrières que vous portez au corps comme des franges de fanons. Le vent va faire en vous ce qu'il veut. Dans la calebasse pleine qui oscille sur vos épaules, il tourbillonne, et l'axe de son œil invisible creuse un puits au centre de votre vie. L'air est si dur qu'il vous faudrait un marteau pour le respirer. L'abîme attend votre précipice : la tentation d'ouvrir à la mort pour atteindre d'un seul coup le volcan protecteur ou le cœur du dernier soleil, la tentation de libérer d'un geste l'angoisse de votre prison de chair vive sauvée de peau.

La lampe s'épuise. Malgré le grand jeu de cache-cache réussi, le deuil déploie son orage sur tout votre pays, qui pleure à verse. Mais vous savez que le déluge est votre condition mais non pas votre fin (tout juste un moyen de la mort). Alors, en votre for intérieur, s'allume une autre bougie.

A travers espoir et désespoir maillés, il vous prend l'envie de forcer la terre à faire front. Ce n'est pas une prière, c'est une obligation de fidélité. Sous le grondement du raz de marée, vous prenez sous la mer, vous passez sous la terre, vous frayez derrière le malheur après l'espoir, un flux de larmes à la mesure du déluge surpris, les mêmes eaux donnant mort ou renaissance. Il y a toujours un passage au bout de la patience, malgré la fragilité de vos forces, et malgré tous vos pères absents, engloutis avec leur Atlantide.

Vous pouvez alors rêver que vous vous réveillez surhumaine, avec l'aide de vos amies inconnues, pour survivre à la défection de tous les pères morts trop brusquement trop tôt.

Pères tombés. Sans avoir eu le temps de vous assurer ni sol ni ciel. Ni soleil ni sommeil pour vos nuits blanchies par leur présence.

Orphelines. Dans la maison, tout sera pour toujours déplacé, racines déchaussées. Au milieu de votre maison : le trou. Au milieu de votre mémoire : le trou. Au milieu du cœur de votre vie : un trou de la taille d'un cratère refroidi. Et vivre vous sera tous les jours un effort immense pour demeurer en pleine mémoire sur le fin rebord du gouffre.

Mais vous cesserez de pleurer par souci des paupières. Puis une nécessité de portes et de fenêtres ouvertes croîtra en vous jusqu'à édifier les murs qui pourront les soutenir et vous laisser sortir.

Est-ce que vous voyez ça maintenant : des têtes de femmes aux visages sans traits, des têtes flottant toutes seules, sans l'aide des mains, respirant par la bouche, sans laisser échapper un mot ni une voix, ni un cri, ni une prière, ni une injure, seulement le silence de vos silences entre vous.

Votre déluge, ce soir, est bien tombé. A force de laisser les fenêtres ouvertes sans guetter, il vous est arrivé qu'un jardin entre, avec l'inattendu, la joie un peu effrayée, la force aimante, la surprise d'être ouverte sans personne ni cyclone pour vous violer.

Panthère amazone, vous surprenez le cyclone, à tenir sans rien lui demander, sinon de laisser vivre, vous comme lui, de laisser respirer les voix de la lumière, l'iris, le regard, l'éclair, l'orage, l'orange et le letchi, par vos fenêtres d'audace et de beauté.

Vous avalez le vent pour apprendre sa colère, criez votre silence pour apprendre à parler avec des mots à contre-nuit, couleur de mer calme. Trois étoiles au coin de vos yeux : si vous ouvrez l'œil droit, le ciel deviendra trop grand. Si vous ouvrez l'œil gauche, vous serez envahie. Où commence l'errance s'achève le combat. Il peut sembler dérisoire de parler d'exil ce soir dans cette chambre menacée qui résiste de moins en moins à vos angoisses. Mais ici, entre fuite et ancrage, vous trouvez un nouveau centre de gravité : l'errance enracinée.

Vous rêvez qu'un dernier bateau enchanté approche de la chambre. Le capitaine mène la manœuvre seul sans matelot à la barre en caressant un chat angora

sourd aux yeux verts. Votre rêve monte en hâte sur
le bateau arrimé au manguier de l'allée, mais vous
découvrez, dans une odeur de charnier et un nuage
de mouches bleues, les cadavres multicolores d'une
cargaison de colibris déportés jusqu'à l'île pour la
fécondation des vanilliers, échappés de leurs cages
d'esclaves en cale à l'air libre des gréements, et tous
assassinés par le sel et le vent sans avoir pu en pleine
mer se réfugier vers un autre rêve de nid.

Alors vous revenez au fond de votre cale en chambre
à l'abri des rêves de sorties plus mortels qu'un
cyclone. Et vous fixez la lampe avare pendant que la
descente du ciel s'accentue en écroulements d'eaux
sur la toiture et en tambourinements d'outre-tombe
acharnés sur vos cloisons.

L'île-Équinoxe chancelle sous le poids de la mer
qui remonte jusqu'à noyer ses sources. Tous vos
moulins depuis longtemps sans ailes assistent sans
grincer à la trahison du vent. Et vous, vous persistez
encore à déchiffrer quelques signaux d'envol réfugiés
sous votre aile d'intérieur.

Le vent ne vieillit pas. Mais vous faites front, s'il
le faut avec dix bras. Vous faites la foule, si vous êtes
seule. Vous inventez autrui toujours revenant. La solitude vous donne des langues. Vos noms se prêtent
aux sans-nom.

Ce soir, l'ouragan s'adresse au volcan, la mer prend
un bain d'île. La belle demeure d'eau est cernée. Pas

un être humain au-dehors. Juste des arbres traqués qui souffrent. Face aux verrous.

Mais vous n'êtes pas ici réunis pour faire le procès de ce grand soir, et accueillir les aveux de ce déluge coupable de ruiner la terre en labourant la mer. L'inquiétude de votre sourire suffit à démasquer l'impasse d'une parodie d'angoisse, face à la vérité des miroirs de la chambre.

Vous jouez, vous refusez, vous trahissez, vous espérez revivre d'air blanc, de pureté, de lointain. Vos yeux avides n'auront jamais assez de loupes pour relier en un seul grand livre ouvert le répertoire de tous vos prénoms d'élection.

(Et vous ne pouvez vous empêcher de repenser à une terrible confession faite un soir d'éruption ici même aux Flamboyants : *Les mots se sont échappés en roue libre de mon corps ; les paroles des livres tournent à leur aise dans ma bouche. C'est une maladie très grave quand les phrases qu'on prononce ne pèsent plus grand-chose, ne font plus mal aux lèvres, ou traversent sans frein la prison des dents.*)

Blottie dans le lit, vous continuez à avancer le long du mur de cette nuit. Tout vous échappe, vous divise, en tous sens. Étendue sur le lit, les portes du livre des fuites ouvertes, vos sept sens explosent leurs sillages

embrasés. Vers quelle révolte, quel avenir, quelle détermination ? Vos dix faiblesses honteuses se cachent
derrière une seule exposée sur une autre page cornée.
Aussi, vous refermez vos livres-cavernes d'échos
sonores, vos feuilles-carcans et vos pages-camisoles,
les fioritures babillées qui déguisent votre solitude.
Et vous reposez le feutre à bille sur la table de chevet.

Alors vos pensées recommenceront à vous être
personnelles. Et vous pourrez déchirer vos pages
sans les entendre crier.

*Autocritique : Vous songez à prendre la résolution de
renoncer enfin aux mots qui vous font plaisir, aux phrases
qui cachent ce que vous pensez, tous les mots et les choses
des langues fermées.*

Vous craquez alors une allumette, puis deux ou
trois encore, avant qu'une enfin sur la boîte déjà
humide ne fasse feu pour allumer votre première cigarette de la nuit, sortie tremblante du paquet noir
J. P. S. Et votre main tremble de sentir qu'à cette
heure vous imaginez encore qu'un homme à vos côtés
aurait pu vous aider en vous donnant du feu.

Et maintenant, il vous faut encore imaginer cela :
un bélier à votre secours, traçant sa route pour aller
détruire cette nuit noire de plaques de boue explo-
sives. Un bélier fonçant vers toutes les portes ouvrant

sur des murs. Et vous vous cachez la tête sous l'oreiller pour ne pas entendre. Le bélier blessé enfonce des portes fermées alors que dehors le cyclone fait rage. Veut-il se délivrer des fuites et faire face de l'intérieur ? Votre voix crie tout bas son nom sous votre fenêtre : même à tue-tête, votre bouche ne veut rien entendre. Alors le bélier resté silencieux entre les pages du livre ouvert vient se cacher dans la fumée d'un mot : « cigarette », souligné à l'encre rouge sur une page cornée.

Vous voyez l'horizon cerné d'un orage de fer sans un tesson d'azur.

Mais n'allez pas laisser l'Amérique vous découvrir toutes ses pensées, car chaque heure qui passe blessera votre imagination, et la dernière la tuera. Un bataillon de crabes de terre envahira tout l'entour de la maison. Les morts soulèveront la terre pour respirer au balayage **des racines qui** les étouffaient sous les pieds des vivants. La pluie sacrée rafraîchira tous les souvenirs indiens écartelés **roués**. Chacun des morts revivant laissera tomber **une pierre** pour ériger de nouveau l'île rasée de ses mambis inconnus. Les mains et les pieds de la terre se délieront du lacet des sources de sang et d'eaux troublées. Mais un vieux fromager, insouciant du déluge et de l'ouragan, ouvrira son refuge de branches pour vous sauver la vie en mémoire du feu que vous aurez préservé.

44

Vous accédez alors au rythme d'une balade dans un jardin d'Eden, d'arums et de peupliers carolins, à la droite d'un bien-aimé. Mille et un kilomètres vous séparent mais vous êtes sûre qu'il se souvient de vous dans un jardin semblable à celui d'ici parce qu'il connaît les malheurs des déracinés qui courent le ciel pour tenter de faire atterrir des graines envolées. Vous vous arrêtez entre ciel et terre au milieu du chemin pour saluer le bien-aimé d'une tendre caresse de feuillage, parce que chaque fois qu'il apparaît vous vous couvrez naturellement de feuilles et devenez un arbre à son côté.

Alors, sur les berges de vos rêves resurgit l'île d'amour : *et vous marchez mains croisées dans le dos, mains veuves, mains séparées qui se souviennent de jadis, mains qui n'osent plus, mains qui ne doivent pas, mains qui courent toujours à poings fermés, mains qui avancent encore vers tous les rêves à faire et à défaire pour toucher l'autre cœur...*

Vous vous réveillez humaine brusquement, en parcourant la nouvelle inédite de la disparition d'un poète bien-aimé, ultime message rescapé sur une feuille jetée à terre, chiffonnée, piétinée, oubliée au cours de la mise à sac de sa chambre par une horde à la solde du vent.

Adonde van los desaparecidos ?
Busca en el agua y en los matorrales.
Y cuando vuelven los desaparecidos ?
Cada vez que los trae el pensamiento…

Les Morts sont de jour en jour plus indociles. Alors, dans la violence de la nuit, votre visage fouetté d'oubli et de fureur, vous refermez à double tour la porte de l'imagination, vous vous dépouillez de son personnage assassiné et de ses vêtements, vous étouffez le cri de deux cœurs sous le corsage et glissez votre carte d'identité en sécurité dans votre soutien-gorge pour ne pas laisser d'alibi aux faiseurs de disparus. Et vous rentrez vous blottir dans votre corps d'ici ce soir, afin qu'il reste au moins cadavre présent pour témoigner si c'est bien le cyclone qui vous aura tuée, après avoir comme lui vous aussi tracé au rouge à lèvres sur le miroir de l'armoire : C'est ici ton combat. Tu ne partiras pas.

Et la question est maintenant : une ou plusieurs ?

C'est votre grande question, la seule question de votre deuxième heure, la question imparfaite, la question qui fait trembler vos mots, la question des désirs inassouvis, la question du mensonge de l'un et de plusieurs, la question tellement avide de plusieurs réponses qu'elle vous fait allumer une deuxième cigarette avec encore trois allumettes humides, une cigarette bien tiède pour ne pas vous sentir fligée en statue de sel.

Votre réponse était peut-être celle-ci : votre île flottante dans un désordre d'arbres et de cheveux sur la masse boueuse caribéenne. Un point ténu de la terre parmi des milliers d'autres. Au milieu de ce point, votre grand lit à deux places aux draps très propres sans un homme à vos côtés. Et le cyclone qui ne fait rien d'autre qu'écouler sa puissance, à l'assaut facile de l'île, qui finira par dérader en lassitude. Votre île volcan qui se fait motte de boue et de branchages froids pour se rapetisser au fond de l'œil du cyclone qui viendra tout à l'heure, aussi calme que le cratère d'un volcan éteint.

Il fait si sombre ici où vous cherchez une langue qui ne fait pas de bruit pour chuchoter ce qui n'est ni vivant ni mort, où vous cherchez les noms des ombres entre les mots. Comment s'appellent le reste de présent qui n'a plus de présent, l'amour qui reste après l'amour, et la racine sans arbre. Et l'étroite bande de terre rouge qui reste d'un pays perdu, est-ce que c'est encore un pays ? Comment s'appellent les choses qui résistent au déluge, les phrases qui s'élèvent et restent inachevées …

L'explosion de l'eau sur le toit et le vent qui tombe du ciel en cataracte assourdissent la chambre qui craque, comme un tombeau disloqué. Mais un tombeau provisoire dont votre soif de vie colmate fissures et brèches au fil de la nuit. Et vous commencez sérieusement à craindre qu'aucune aube ne puisse s'arracher aux lambeaux de cette nuit noire de tant de jours de malheurs additionnés.

Plus tard dans cette nuit, un cahier d'écriture serrée pourra s'ouvrir devant vous, vous entraîner là où vous ne savez pas encore que vous voulez aller. Une page pourra agir sur l'absence et le silence.

Chaque livre en appelle un autre pour offrir un lendemain à sa fin.

L'œil de la lampe vous regarde éclairer votre refuge de pages ouvertes, dernier carré de soleil, d'eau fraîche, de soufre et de parfum. Mais vos lectures sont trop courtes, à chaque phrase achevée trop de choses restent au-dehors à tambouriner pour revenir de force. Vos phrases balles d'or égratignent à peine le vent. Une muraille de feuilles vivantes résiste aux assauts du cyclone, protégeant des visages trop nombreux et des masques immobiles, une vraie cohue de regards silencieux.

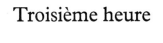

Troisième heure

3

Allô ! Allô !... Si tu es là, surtout ne réponds rien.

Je suis réfugiée sur le canapé au milieu du salon, derrière la barricade des meubles déménagés, mon oreille collée à l'écouteur du téléphone.

Ouvre-moi seulement tes oreilles. Ce n'est pas de t'entendre dont j'ai besoin, c'est de parler, de parler à haute voix contre le vacarme du vent, bien fort comme les vieilles personnes qui crient au téléphone quand elles appellent leurs proches au loin.

J'ai des paroles qui frappent trop fort à la porte de ma bouche, mes dents claquent pour ne pas les étouffer, et tu sais que je n'ai plus de chat à qui donner ma langue.

J'ai dû abandonner la chambre car l'eau s'infiltre le long du mur, mais j'ai cassé une vitre de l'entrée en écrasant rageusement d'un coup de balai une petite araignée surgie dans la lumière de ma lampe.

La grosse porte protège encore la persienne, mais la fissure affaiblit encore la maison. Je l'ai colmatée avec des cartons ficelés à l'embrasure. Par une fente de la porte, j'ai vu que le rosier devant la galerie résistait encore aux coups de chaînes du vent. Je suis retournée dans la chambre pour changer mon corsage mouillé. J'ai repoussé d'un geste les robes de la penderie afin de libérer une place pour m'y réfugier, mais je n'ai pas supporté longtemps le noir les yeux ouverts, malgré le bienfait de la chaleur confinée.

L'appel du téléphone a résonné en moi : j'ai couru au salon. Vers ton refuge de paroles, moins sûr, mais partagé.

Le café du thermos est encore bien chaud ici, comme sans doute le café de ton réveil là-bas.

Avec toi, je vais sortir d'ici même un instant pour réchauffer mon hivernage à ton soleil d'automne, grâce au décalage horaire de ton aube, six heures à sept mille kilomètres d'ici.

Mais je ne veux pas aller me réfugier encore dans le réconfort de ta voix, avec ta provision habituelle des mots qu'il faut. Une fois de plus, tu n'es pas là. Ton cœur me serre, mais ton corps et âme n'est pas tout contre moi pour réchauffer mes tremblements.

Ce n'est pas de t'entendre dont j'ai besoin. Alors, surtout, ne réponds pas. Au téléphone, c'est plus facile de faire comme si on n'était pas là. Et les silences s'entendent bien mieux.

Ici, cette nuit, les grandes lignes du désespoir sont retracées. Toute promenade ce soir est interdite. Juste un petit tour de lèvres à ton oreille pour faire prendre l'air à mes mots étouffés. Et résister jusqu'à ce que tu reviennes avant que je ne coule avec l'île noyée.

Car il faudra que tu reviennes après le cyclone. Tu es bien revenu pour l'éruption de la Soufrière. Je t'attendrai dès demain si un jour se relève après cette nuit.

Surtout ne réponds pas. Ta voix n'arrivera pas à couvrir jusqu'ici le vacarme du vent. C'est à moi de te parler bien fort. Je dois te raconter tout ce qui se trame d'avenir sous les apparences de cet enfer.

Tu vas sortir avec moi, au milieu de cette nuit. Ce n'est pas seulement une nuit d'apocalypse. C'est aussi le grincement des résistances, le crissement des clous qui arc-boutent les tôles aux madriers, un déchaînement de conques et de tambours gros-ka. Ce soir même qui devait voir rassemblés à Baie-Mahault tous les tambouyeurs de l'île en nuit d'hommage à notre grand marqueur Carnot.

Écoute bien le sens inaudible de ce rythme d'enfer. L'île qui se décrasse pour se sentir demain plus nue, plus nette, mieux lavée, époussetée de boues sèches, plus mesurée de pesanteur. Tu sais que le pays est petit si le cœur est petit, mais il n'est pas étroit pour tout cœur généreux. Aussi il faudra que tu reviennes pour nous deux encore demain.

Je te fais écouter le bruit de fond du transistor : Radio Caraïbes avait cessé d'émettre, mais on a réussi à faire parvenir deux groupes électrogènes jusqu'à leur station de Gosier. Les nouvelles funambulent sur le fil ténu des ondes que le cyclone n'a pas su arracher. Et je t'entends imaginer les suivre.

Écoute : il semble que la Pointe-des-Châteaux n'existe déjà plus : les deux côtés de mer ont fait jonction. Toute la Guadeloupe pliée a commencé de rompre par tranchées, de Saint-François à Port-Louis, et du Moule jusqu'à Deshaies.

Écoute : à Port-Louis, une jeune mère a installé son bébé endormi dans un couffin dans le grand placard de sa chambre qu'elle referme à clé pour plus de solidité, après avoir écrit au rouge à lèvres sur la porte en très gros : *Kenji est dans le placard,* puis elle retourne écoper l'eau surgie au salon d'une brisure de la baie vitrée, rassurée de préserver un petit avenir de son possible malheur.

Écoute : plus près de nous, à Petit-Bourg, un arbre

à pain s'écrase dans la cour sans même effleurer la case qu'il nourrissait, mais que du même coup il va protéger des assauts du vent, emprisonnant deux grands-mères en prière pour le salut de l'île.

Écoute encore : au Moule, une femme et ses deux enfants s'arc-boutent à tour de rôle à la porte de la salle de bains qui résiste solidement à l'ébranlement des pièces alentour. Le père, jeune encore mais sans forces, est allongé gravement malade sur un matelas placé dans la baignoire. L'amour et la fierté illuminent son regard condamné.

Tu vas revenir. Tu verras, c'est une belle année. Le monde entier résiste au cyclone : des morts, des survivants, des damnés, des condamnés, des peuples, des livres, des murs et des prisons. Le monde entier va mieux. Il a suffi d'un soir pour qu'ici il cesse de tourner.

Les fruits du cyclone t'attendront pour que nous les cueillions ensemble. Après la fin de l'apocalypse des autres îles dévastées les jours suivants jusqu'à l'exténuation du vent sans plus de carburant de mer au ventre de la Floride.

Tu attendras pour revenir que la mer soit retirée de la Pointe-des-Châteaux, l'enfant sauvé, le père décédé, les grands-mères revenues de l'église pour préparer un grand migan de fruit à pain pour le voisinage sinistré. Je te présenterai cette voisine qui a tout perdu, sauf pour elle l'essentiel : un sac de photos.

Tu écouteras la noria des messages radio (seul moyen d'échanges à cause des téléphones coupés), tous destinés sans une plainte à rassurer et rassurer encore, les victimes d'ici donnant force et courage aux parents émigrés : on a tout perdu, mais tout n'est pas grand-chose et on va bien. Tu feras le compte final des morts, avec plus de tués parmi les sauveteurs que parmi les sauvés en pont d'hélicoptère vers la Désirade dévastée.

Tu rencontreras le convoi de yoles rondes de l'île sœur, Vauclin, François, Robert, déroutées lourdes de provisions, en trêve de leur défi annuel du tour de Martinique, à l'unisson vers nous.

Tout ce que tu inventeras à ton retour sera très vrai.

Surtout, toi, tu sauras nous trouver les musiques à nous jouer sur cette cacophonie, contre ce déchaî-nement qui m'oblige à te hurler ma confidence.

Car en cette nuit essentielle, il me faut dire que je t'aime.

Toi et moi, depuis toujours nous avons su bien parler. Jusqu'ici nous avons évité entre nous le sujet Solitude. Nous avons caché sa belle statue dans les nuits de temps perdu à maquiller à coups de poèmes nos névralgies.

Avec toi et moi, dormeurs éveillés toujours disponibles d'une oreille, attentive à écouter le tracé des désirs de séparation, les coups de téléphone non osés, l'accent d'un appel étouffé, le maquillage refait, l'écho d'un espoir trop tard répercuté, l'amour en sentinelle espérant le mot de passe, les questions bien mal posées de savoir où et quand, la soif bonne des départs sans la clé en fugues caribéennes, l'exil au bout des lèvres par refus des vies traquées, truquées, troquées, tracées. Contre une vraie nuit d'amour l'arsenal des interdits. Et contre une seconde nuit la peur de ne plus avoir peur du fruit de la passion.

Et puis le rideau de tes paroles a couvert la nudité de mon corps au moment même où je te voulais maître à danser de mon navire. Et moi belle à pleurer, ouverte à ton flot au milieu de mon île.

Mais nos distances ont préservé l'amour sous verre, malgré les besoins d'évasion d'une joue vers une autre, les attentes dix à treize nuits blanchies du désir d'aube à midi et de ciel au lit.

Souviens-toi qu'il était une fois pour toi et moi un beau soir aussi seuls que cette nuit, et le bonheur a poussé la porte ouverte sans se frapper, pour ne plus rien savoir, si ce n'est le désir partagé du plein et du délié, et notre sang s'est dressé, cabré, rebiffé, blessé, relevé, révolté de tant de virevoltes passées, pour le mariage de nos purs sangs jetés à l'eau, l'amour draps découverts éclaboussant nos rêves allés au moins un soir jusqu'au bout de nos rêves pour que nous soit en tout.

Dehors, le cyclone continue à repasser nos désastres sans lendemains. Les chiens du vent aboient contre mes portes fermées.

J'ai l'impression du ridicule à te parler d'amour, en poupée noire enracinée de toi, ce soir où tout autour se déracine, brisée, tronquée. Mais l'amour doit nous faire survivre, m'éclairer la sortie de secours au-dehors de ma case calcinée de moiteur confinée, nous embarquer dehors en dérade loin des vents, des lames et des brisants.

Car tu m'as bel et bien dit un jour qu'il vaut mieux vivre libéré de ses sentiments avoués que survivre esclave des sentiments étouffés.

Partout ici, des hommes-colibris picorent le désir sans se poser, et des femmes-fleurs sensitives referment leur porte avec l'enfant, pour ne pas mesurer leur avenir à l'aune d'un vol d'oiseau. Même les rôles ne s'inversent plus clairement, chacun peut jouer tous les airs de la partition, chacun s'exprime dans des langues ébréchées mal conçues pour la connivence. Pas besoin d'être ennemis pour se fuir.

Orphelins fiancés chacun avec son bras de mer à labourer pour édifier un chemin entre leurs deux îles. Qu'est-ce qu'un cyclone peut venir faire ici ? Crois-tu qu'il va aider à ouvrir la mer à deux battants en brisant les portes et les verrous et la rouille des années pour remettre l'avenir à sa place dans la chambre commune ?

Ou alors, allons-nous tous ensemble succomber à cette soif antillaise de tout détruire pour mieux tout commencer ? Comme des aveugles qui rêvent d'une bombe pour éclairer leur nuit.

Dans nos îles sans désert où s'isoler, nous connaissons cette tentation de plonger jusqu'au bas de la fosse dans l'espoir d'y prendre appui pour la remontée. D'un Abysse en geyser jusqu'au torrent, puis une montée de chute en chute du Carbet vers la rivière de Goyave, jusqu'à la source secrète de l'Étang bleu, une eau tiède et limpide si accueillante que sans peur ni reproche toute main y venue en appelle une autre pour rafraîchir ensemble un mariage de chevilles nues.

Mais comment au milieu du cyclone pourrais-je sans toi rêver encore du bruissement de nos pas sur le clapotis de l'Étang bleu dont l'étroit sentier d'accès est en train d'être détruit ce soir pour très longtemps ?

Tu m'as parlé souvent de nos musiques : de blues, de swing, de son montuno, de bel-air, de songs, de ka… Aucune n'est là ce soir. Je ne sais plus laquelle peut rabattre la chamade de mon cœur découragé, mes désirs comprimés, la salive amère, l'attente d'un autre soir où nos vies cesseraient d'être parallèles tout au bout du monde ici.

Cette nuit est trop désespérante pour me contenter encore de ton écoute passive. Même si, bien sûr, il ne peut s'agir ce soir que de jouer le solo.

Tu sais que, de toute façon, avec l'électricité coupée, il ne sera rien possible d'écouter avant longtemps.

Tout de même, tu vas choisir une cassette pour moi. Je vais l'introduire tout à l'heure dans le magnétophone débranché, appuyer sur le bouton et imaginer ta musique en rassemblant mes souvenirs et tes paroles au-dessous du vacarme du vent.

Tu vas m'indiquer une musique parmi celles que tu m'as appris à aimer, puisque tu n'es pas là ce soir pour accompagner ma nuit. Toi et moi plus la musique, un trio de *Solitude* pour délivrer le secret de la note bleue, et nous improviser ensemble un Atlantide désenglouti.

Continue surtout à ne rien me répondre au téléphone. Ton silence m'aide à ressentir ta présence imaginée.

Tu vois, c'est cela le déluge : *mourir tellement qu'il ne reste plus personne pour le savoir, sinon les arbres muets.*

Au cas où je serais morte ce soir, ce ne sera pas de m'être laissée mourir. Le courage que tu as d'écouter ce fracas sans raccrocher doit te donner la force de nous revenir. Pas pour l'île, mais avec moi.

Je sais bien que tu es trop loin pour une mauvaise nouvelle, mais de nos jours le téléphone est la seule fenêtre ouverte en permanence par où frappent d'abord les annonces de mort en coups de fil brisant les cœurs non préparés.

J'ai vu l'incendie, il a failli m'éteindre…

La frayeur de cette nuit-ci va-t-elle le céder à l'angoisse de ce cyclone installé dans ma poitrine pour combien de mois ou d'années de traversée avant de brûler mon île sous tes yeux impuissants ?

Parce qu'il faudra que tu sois là le dernier jour pour que je te transmette le dernier fruit que je n'aurai plus la force de goûter, et qui sera sur ma table de chevet à t'attendre près de ma dernière bouteille d'eau, afin que tu accueilles mon avant-dernier souffle pour lui redonner vie par ta bouche chargée de ressentir à l'avenir pour moi un goût de mangue, d'orange ou de letchi.

D'ici là, il faudra combattre, une fois de plus, en solitaire. Car ne va pas croire que je te laisserai le souci de réparer les accrocs de ma machine à respirer.

A quoi ça sert un sein ? Si tu savais comme je veux vivre plus belle, plus entière depuis que j'attends cette nouvelle ! Je comprends même le cyclone de ce soir : une avancée gratuite de vigueur et d'élan, qui fait du mal avec du bien, qui lave la terre et l'eau, bouscule et arrache sans distinction nos cancers et nos santés. Surtout, ne pas fuir, ne pas condamner.

Ma vie n'est ni plus courte ni plus assurée, simplement mon sort s'incline brusquement vers mon destin, mais le chemin reste toujours à vivre. Comme l'île, cette nuit, mon corps va apprendre à résister, c'est-à-dire lutter avec sa fragilité pour arme. Je ne resterai pas vivante par simple laisser-aller.

Bien sûr, toi, sans larmes ni faux rire, tu sauras me donner ta compassion, accompagner les derniers programmes de ma passion. Je vais te le dire, à toi seul : je sais que dès demain mes larmes seront plus assurées, mes rires plus justes, mon visage sans masques, et mes pas plus lucides. Je t'invite en compagnie de ma nouvelle fragile humanité. Parce que je sais que tu sais qu'une morte-vivante je ne serai jamais.

Est-ce que tu vois tout ce qu'auprès de toi cette nuit je peux risquer ? A ta distance, tu vas être fier de moi. Tu vas encore me faire te prouver que je peux rester seule, en trichant sur ta distance à petits coups de fil.

L'eau s'infiltre par les cartons mouillés qui colmatent ma porte blessée. Tu vois qu'il faut que ton coup de téléphone se prolonge encore. Tu dois encore me rappeler ce qu'il faut faire face aux verrous. Me rappeler que, même seule, il faut savoir faire foule, se faire pousser sept pattes bancales s'il faut courir, douze bras s'il faut faire front, enraciner les pieds s'il s'agit de tenir. Ne pas désespérer mais infuser encore un peu d'espoir, avec une tasse du thermos de café chaud afin de soutenir les pensées d'élan et d'affaiblir les pensées d'échec.

Si je pouvais te laisser parler, tu me dirais de tutoyer mon épouvante, de plaisanter le danger, d'apostropher notre cyclone avec les mots de ton défi :

Entre, Cyclone, si tu es plus qu'un homme ! Mon île est jeune, j'ai des surlendemains à revendre plus précieux que tes lendemains. Ta venue t'appartient, mais ta fuite est dans mes mains. Tu ne sais même pas au juste à quel règne tu appartiens : eau, terre ou air. Mais tu n'as pas de feu, et tes grenades lancées touchent le cœur mais en pétards mouillés. Les grands trous noirs où depuis des siècles tu veux nous noyer, nous savons en remonter accrochés à nos colombes noires pour nous ressouder aux clous rouillés de la toiture de l'île protectrice des coups de lune. Ton vent a beau ne pas vieillir, ce sont nos jeunes récifs qui partent à l'as-

saut de ta houle. Nous n'avons pas l'ivresse des bateaux de flache froide, car le soleil éclaire nos résistances logiques. Nous savons que l'enfer est ici, ni en bas ni en haut, mais avec des désirades à nos côtés. Avec tes loques nous allons rebâtir nos cabanes, comme nous avons fabriqué avec des barils jetés nos tambours sacrés. Nous n'avons aucune envie ici de reconquérir le paradis : il sent autant le dégoût et la trahison, avec son oubli de tous les enfers des pays torturés. Cyclone, tu as beau tremper nos pains et nos matelas, tu ne nous ôteras pas la faim ni le sommeil. Tu crois pouvoir nous recouvrir de mer et éroder nos têtes de volcans, mais nous avons contre toi l'alliance du feu souterrain des Soufrières et du Soleil pour soutenir nos poteaux-mitans...

Est-ce que tu vois tout ce qu'avec ta voix cette nuit je peux risquer ? Avec ta musique, avec ta poésie, tu me fais t'écouter sans livre ni musique.

Mais si tout ce qu'on invente de beau et d'utile devient la vérité ? Sais-tu à quel point, à cette heure précise, j'ai besoin pour survivre d'autre chose que d'une vérité inventée ? Tout à l'heure, tu étais comme présent au bout du fil pour entendre sans répondre le mensonge de mon cancer. Et maintenant, je ne sais plus si tu lui as donné réalité par ton seul silence angoissé.

Pardonne-moi mon mensonge. J'ai passé l'examen : je n'ai pas de cancer. Mon amour, tu dois savoir que je ne sais pas encore de quoi je mourrai un jour. Mais seulement, le cyclone me donne ce soir pour la première fois une sensation de vie forte et fragile, comme un cancer doit donner une sensation forte de la partie du corps atteinte ignorée jusque-là. Tu dois savoir cette vérité que mon cancer, s'il doit m'atteindre un jour, je le voudrais seulement du sein. Et pas de la langue, ni de la peau, ni du poumon, et surtout pas de l'utérus pour la raison très simple que je t'annonce ce soir, à savoir que je n'ai pas encore perdu l'espoir d'un enfant. Même sans pouvoir l'allaiter.

Maintenant, c'est comme si je m'étais mise nue à ton oreille.

Mais ne va pas croire que c'est ma solitude douloureuse au sein de cette apocalypse qui me fait rêver de créer moi-même un petit être à mes côtés. Surtout ne va pas encore me ressortir le manque revenu de pères partis brusquement trop tôt. Tu sais que la seule révolte logique contre les pères serait de ne pas vouloir à son tour être parent. Toi, tu peux comprendre mon pur désir d'un enfant demain, ici même auprès de moi. C'est-à-dire l'invention d'une présence de futur imparfait. Et puis aussi c'est que je voudrais savoir après-demain ce qu'un enfant apporte à l'amour, à mon amour, et au père de l'amour.

Toi, tu peux comprendre que je veuille survivre à ce cyclone pour sentir passer en moi le poids léger et les premiers mouvements d'un enfant. Un autre soir plus beau que celui-ci, j'aurai la force de laisser ouverte ma fenêtre du dessous, et il adviendra un jardin de bourgeons, il sera inattendu et reconnaissable à la fois. Il se pourrait peut-être que tu découvres des fossettes sur le visage de ce petit jardin. Mais avec les fossettes, rien n'est jamais sûr et je ne prévoirai rien, même pas une fille ou un garçon. Si, peut-être une fille... Ou un garçon. Une fille...

Tu vois comment, par une nuit de cyclone, il n'y a peut-être plus d'espoir, mais il reste de la vie.

Alors, toi-même, tu te rends compte au bout de cette troisième heure à quel point une nuit si longue par ses dangers de chaque minute peut être aussi bien courte au regard des lendemains qu'elle engendre et qui patientent déjà barricadés dans leurs cases.

Tu as bouché depuis une heure tes oreilles au fracas d'ici-dans pour reprendre force et courage en portant ta parole au-delà de la mer et du vent.

Tu as parlé toute seule pendant une heure au téléphone, à tu et à toi, et à lui, par ta confiance lointaine en la voix.

Maintenant tu vas revenir à toi-même, refermer cette fenêtre que tu as ouverte au grand air pour te garer du vent.

A présent, tu vas calmer ta voix, baisser le ton jusqu'à chuchoter pour toi-même, puis jusqu'au silence complet....

Parvenue au mutisme, par le grand effort de ta voix....

Depuis le début du cyclone, tu sais que le téléphone est coupé.

Tu as pourtant bien fait de coller le combiné tiède à tes oreilles de sueurs froides et de parler. A tes oreilles agressées par l'apocalypse sans pouvoir se fermer comme on ferme les yeux quand on ne veut plus voir.

Maintenant, tu vas fermer doucement ta bouche qui ne sert plus à rien d'autre qu'à boucher tes oreilles. Tu vas rouvrir les yeux, raccrocher le téléphone, te déblottir du vieux divan transi d'humidité, oser rouvrir tes oreilles au vacarme du cyclone.

Pour te rendre compte, au bout de cette troisième heure, très insensiblement, que l'enfer s'est refermé, le vent s'est arrêté, une trêve s'est installée.

Avec le silence, telle une lueur mal perçue entre le meurtre et l'assassin, l'Œil du cyclone, de ta tombe provisoire, a commencé de t'observer.

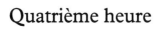

Quatrième heure

4

L'Œil du cyclone s'était présenté sans rien pouvoir lui dire, à cause du silence mal venu à ses oreilles cassées par le fracas de ses trois premières heures de survie.

Il n'avait rien d'autre à lui offrir sur l'instant que l'embellie d'un silence trop parfait pour être beau, sans la compagnie habituelle des mille chuchotis de la nuit antillaise ; alors qu'elle s'attendait à l'irruption brutale du vent par la porte fissurée. Et ce silence unique était la preuve du massacre jusqu'au dernier des insectes de la nuit, sans même une plainte de grenouille ou d'oiseau.

Dans l'attente de la reprise de la violence du vent, elle était incapable de bouger de son fauteuil. Seule de nouveau après ses trois premières heures de compagnie : d'abord avec la maison pleine de solitudes blotties, puis avec les sorties imaginées hors de ses mots, puis avec le fil de sa haute voix.

Or, véritablement, le silence était sourd. Sans clapotis ni bruissement, car l'Œil était pour une heure
parfaitement immobile de vent. Il ne se sentait pas
fait pour donner à mieux voir, mais pour éclairer l'en-
tracte de la tragédie, permettre aux humains et aux
arbres de reprendre souffle, et de consolider l'arrière
des maisons d'où allait surgir la deuxième vague de
l'ouragan, avec plus de violence encore qu'avant son
répit.

Blottie dans le fauteuil comme une petite fille en
attente des parents, elle ferma les yeux.

Une pleine lune plus lumineuse que jamais avait
surgi au zénith d'un mouchoir de ciel, éclairant la
paroi verticale d'un puits noir de nuages encerclant
tout l'horizon. L'Œil du cyclone n'en demandait pas
tant. En 1928, surgi en pleine matinée, il avait noyé
le soleil jusqu'à la jonction de la nuit. Mais ce soir, le
hasard du cycle faisait porter un éclairage incongru
sur la désolation. La pleine lune révélait la conjura-
tion des eaux du vent en attente du deuxième assaut,
comme un projecteur tombé du ciel sur une cache
de massacreurs silencieusement à l'affût de blessés à
achever et de ruines à raser au final de l'invasion.

L'Œil n'avait pas prévu cette connivence du soleil
noir de la pleine lune. Il profita de cet éclairage pour
faire le tour de l'île, qu'il n'avait pas revue depuis dix

ans. Pour lui, rien n'avait vraiment changé, à part une plus grande circulation de routes, et de cases plus grandes, plus solides et plus dispersées. Il est vrai que, chaque fois que le cyclone arrivait, l'île se masquait en un désert de chlorophylle et de béton aux yeux du vent, lui cachant la population chaque fois renouvelée des humains calfeutrés.

On n'était plus au temps où les humains n'étaient pas prévenus avant les dieux amérindiens de l'avancée du vent d'Afrique. *(Les sorciers de l'orage étaient porteurs des nouvelles confuses des villes primitives : la végétation en avait recouvert les ruines et faisait un bruit de gouffre sous les feuilles, comme si tout avait été troncs pourris, un bruit de gouffres peuplés par des êtres d'une vivacité de bourgeons, qui parlaient à voix basse et qui garrottèrent les dieux dans des lianes millénaires pour se mettre hors de leur portée magique...)*

Aujourd'hui qu'il était programmé, annoncé, baptisé à sa naissance, poursuivi jusqu'à sa fin, le cyclone ne pouvait plus qu'envahir une île exposée dans sa géographie, mais désertée le plus possible de toute fragile humanité, rues vidées, cases barricadées. Enfermés dans l'aveuglement des seules ondes des maîtres des radios, les hommes ne pouvaient plus rien écouter des messages cachés sous le fracas du vent. Le secret de la naissance de l'ouragan sous l'horizon de Gorée, la force du cœur d'Afrique venue par le fleuve et l'Harmattan, pour enfanter l'eau de foudre, fils d'Oya, et transporter un pêle-mêle d'ancêtres et de divinités marchant sur l'océan pour apporter la mort et la survie. Avec la puissance de Shango pour détruire ce qui n'aurait jamais dû être édifié ici, avec la ruse d'Eshu pour attiser la résistance des cases, des tôles et des jardins, la douceur d'Osanyin pour proposer tous les remèdes de feuilles en médecine des sept vertus à préserver pour l'avenir.

Cyclone fertile, par défaut des crues de Nil et de Niger.

L'Œil voyait bien que, dans l'île camouflée, le cyclone n'avait rien d'autre à offrir aujourd'hui que son sens propre défiguré. Une déportation brute de semences venues de très loin, d'Afrique, des Indes et d'Arabie, puis un déracinement d'arbres-ancêtres arrachés en coupe claire pour leur faire place, avec une violence tourbillonnante projetant au ciel des pollens vers les nuages stériles, plaquant au sol des graines éperdues, fouettées d'eaux trop salées pour la fertilité.

Seuls les arbres étaient restés dehors, fidèles depuis des siècles à ces rendez-vous cycliques des réfections du monde. Et chaque cyclone avait désormais à lutter ici même contre l'oubli ou le dédain des cyclones afin de rappeler par son exemple le cycle sombre des malheurs, le passage saisonnier d'un jour maudit sur les arbres lynchés, la révolte du paradis raté de l'Afrique abolie.

Devant la cacophonie des destructions éclairées par la lune, l'Œil nu ne pouvait rien dire de sa connivence avec les humains qui sortaient fugacement des cases pour vite ramasser des planches et des tôles, afin de consolider les brèches pour la suite du cauchemar, sans paroles inutiles au-dessus du seul bruit des pioches et des marteaux.

Comme frappée par un coup de lune, la jeune mère de Port-Louis aurait failli laisser mourir le bébé dans son placard, étouffé sous un linceul de serviettes neuves et de draps brodés de son trousseau de baptême, si le silence de l'Œil ne l'avait réveillée du désespoir. Cessant brusquement d'essorer et de ranger ce qui restait de son salon, elle se précipita pour recueillir l'enfant et courir chez un couple de vieux voisins avec son sac de couches, de vêtements et de jouets. Sa réserve de lait en poudre et de biberons avait été emportée avec la caisse de vivres d'urgence qu'elle avait placée au milieu du studio avant que la cassure de la baie ne laisse le vent jeter dehors tout son mobilier. Elle s'installa sur leur grand lit à colonnes, en haut du refuge de matelas superposés par une longue vie de petites économies, ouvrit son corsage et offrit son sein rendu stérile après trois mois de sevrage à l'enfant pleurant de réticence. Le grand calme de l'Œil et la tisane de corossol de leur vieille hôtesse les firent s'endormir tous deux exténués avant la reprise du vent.

Au-dehors, la pleine lune ensoleillait toujours le sursis à leur exécution. Le calme après l'orage était bien installé, immobile comme un temps mort.

Mais elle, à l'intérieur des Flamboyants, elle n'avait pas bougé de son fauteuil, prostrée tête en genoux, les yeux lourds et fermés.

Quelle autre raison de survivre pourrait bien lui donner le spectacle du dehors ? Un œil de quarante kilomètres de pupille encerclant l'île de Petit-Bourg à l'Anse-Bertrand, avec la lune comme un boulet de lumière au fond d'un puits. A quoi bon quitter la case pour gagner le désert ?

La nuit du dehors était maintenant plus claire que la nuit du dedans. Elle, qui ne le savait pas encore, immobile dans son fauteuil, aveuglée par le silence de l'Œil installé au salon, s'efforçait de se remémorer le dialogue rompu des amis inconnus autour de la maison : le corps de la montagne hésitant à la fenêtre, trop en hauteur pour pénétrer, trop fier pour profiter de l'effraction du vent. Le feuillage des bois à la fenêtre chuchotant d'ordinaire son étonnement devant les meubles en bois blanc et les fleurs coupées en sursis dans un verre, le feuillage ce soir arc-bouté aux racines en bouclier protecteur des persiennes. La rivière sans retour, dédaigneuse des rives et des raisons d'arrêt, fuyant vite jusqu'à se devancer afin de ramener le déluge à sa mer d'origine. Et l'étoile au bout d'un fil perdue dans sa gravitation, hors de portée des horreurs de la terre, mais à la seule merci d'une haute pensée pour scintiller, ou d'un regard baissé pour cesser d'exister.

Le silence de l'Œil affolait ses oreilles. Aucun bruit de l'extérieur ne venait rythmer les sautillements de la lampe à pétrole du salon. La même lampe qui avait éclairé le même Œil de 1928, avec, blottie dans le même fauteuil, une adolescente dont les yeux grands ouverts et les fossettes bien creusées lui donnaient l'apparence d'une petite sœur de celle de ce soir. Et sa mémoire ne pouvait que constater leur ressemblance, sans guère d'étonnement par habitude de cyclone en cyclone de retrouver souvent à la même place les mêmes maisons et les mêmes arbres, et les enfants grandis. L'Œil ne pouvait donc pas voir qu'en réalité l'adolescente de 1928 était la mère de Marie-Gabriel, ni savoir qu'elle était morte en lui donnant naissance une belle saison. Et comme Marie-Gabriel était née en lui donnant la mort, elle ne pouvait pas elle-même imaginer qu'elle était blottie dans le même fauteuil où sa mère s'était réfugiée contre les mêmes vents à de lointaines décennies d'ici.

En réalité, depuis le silence, elle n'avait pas arrêté d'y penser. L'angoisse sèche qui l'avait envahie à l'orée du silence avait brusquement ranimé une vieille douleur très rare qu'elle ne reconnaissait que trop, car elle ravivait devant ses yeux fermés l'image de sa naissance revécue : dans la maison des Flamboyants blanchie pour l'accouchement, une braise rosie arrachée à un ventre, une tiédeur éphémère de sein écarté avant la montée de lait, les bras chauds de son grand-père recueillant en même temps l'enfant et le prénom : *Marie-Gabriel,* et une écume de lèvres expirée de sa mère Siméa en sept vagues de sang pour traverser la mort.

Dehors, la pleine lune patientait, dans l'attente de sa sortie. L'Œil stationnait sur l'île. Sa durée était déjà bien avancée, mais le silence en diminuait pour elle la perception.

L'Œil, voyant couler le filet d'une larme le long de son visage, n'y pouvait rien comprendre, incapable d'imaginer que c'était son silence trop parfait qui faisait remonter en elle un souci très enfoui de se ressouvenir du son jamais entendu de la voix de sa mère, sauf par ce prénom : *Marie-Gabriel,* premier et dernier mot expiré à son oreille pour l'accueil et pour l'adieu.

Lui, habitué à n'être accompagné que d'une trêve sourde entre deux bacchanales, ne pouvait comprendre pourquoi le rappel d'une naissance meurtrière était venu la frapper juste à cet instant d'embellie. Ignorant de toute l'histoire des vies germées ou fanées, des pronoms disparus ou advenus entre les intervalles de ses ouragans, il ne pouvait pas savoir que la jeune fille de 1928 avait tenu dix ans plus tard son *Journal*, en mémoire de son premier enfant mort-avorté, et que sa fille Marie-Gabriel, la jeune femme de ce soir, avait retrouvé ce *Journal de Siméa* dans le galetas des Flamboyants le jour de ses vingt ans.

Il ne pouvait vraiment pas savoir que, les yeux fermés pour retenir leur source, elle profitait de son silence d'exception pour tenter de recréer dans sa mémoire la haute voix inconnue de sa mère, avec la première page de son *Journal* qu'elle connaissait par cœur, composé contre un avortement forcé, une décennie avant sa propre naissance, et qu'elle ne pouvait s'empêcher de traduire comme une prémonition du carnage de sa propre délivrance enchaînant sa mère au placenta accroché jusqu'à ce que s'ensuive la mort de sa mère par son entrée en vie :

(Tout en déluge, en séisme et en raz de marée, un cyclone vient de violer le pays de mon corps, la maison de mon ventre culbutée, sur ton cœur éventré, encombrée

de débris de toutes sortes, mes artères déracinées, toute ma terre dévastée, vagin roussi. Ton cadavre arraché à mes décombres. Et maintenant, c'est l'isolement sans lumière, toutes les communions interrompues, la famine de toi parmi les fers tordus, mes poutres rompues, mon visage renversé sur un sommier rouge de tes eaux et de mon sang mêlés. Ton corps de braises fraîches happé loin de ma tendresse pourtant bien lovée contre mes seins déjà gonflés par l'appel du ventre en effusion, mon ventre pris au lasso des laminaires qui l'écartèlent à grands coups de fouets salés.

Ma fille, mon enfant de cœur, je te ferai renaître de cette mort avortée. Corps et âme, body and soul. Mon enfant se recréera une mère en moi comme une nouvelle source remodèle la mer à son débouché, et ce jour-là ma vie sera un village où je n'aurai plus besoin d'avoir ma maison. Tu n'entendras jamais ma haute voix ni ne verras mon regard. J'ai vu tellement d'étoiles dans mon voyage à ta rencontre que je me suis retrouvée en plein soleil, et sans avoir fondu ; en pleine mer, sans m'être noyée ; en plein cyclone, sans m'être abattue…)

La voix imaginée de sa mère, telle la lumière persistante d'une étoile morte depuis longtemps…

L'Œil n'avait rien pu saisir du murmure de sa pensée, rien pu lire de son visage enfoui entre ses genoux relevés. Si, comme tout à l'heure, elle avait osé parler, même à voix basse, peut-être aurait-il pu, à la force du souvenir, reconnaître une même voix à des années-cyclones de distance, et venir lui témoigner qu'il retrouvait bien ce soir l'héritage d'une intonation, d'un timbre, d'un rythme ou d'un accent de la voix de sa mère perdue. Mais il ne pouvait lui communiquer que le malentendu de son silence, là où même un simple bruissement pour elle aurait suffi.

Les tympans assourdis par le vacarme précédent, son oreille était mal prête à écouter sa propre bouche. C'étaient donc encore ses yeux fermés qui devaient faire tout le travail de l'imagination. Au prononcé intime de ses paroles d'étoile, avec une fraîcheur aux dents, sa source de larmes retenues souleva ses paupières et lui fit relever la tête pour libérer son ruissellement.

Pour l'Œil, le flot de ces larmes ne pouvait qu'être salutaire, à l'image du vrai déluge de vents qui détachait l'île de ses passés trop ancrés, pour un formidable *bain-démarré*, un déracinement des maux de terre, un accouchement d'œufs et de bourgeons rescapés, une séparation d'avec le trop ancien, le trop lourd à porter, les maisons et les arbres trop ancestraux. Il se souvenait des légendes anciennes de renouveau, de l'avenir initié sous condition de briser les sept portes enfermant le pays.

Il savait que son cyclone avait déjà bien accompli

la première moitié de ce travail : défoncer les portes, briser les verrous, démolir les seuils, rompre les battants pour faire respirer la mort juste sous le nez des humains, et rappeler aux vivants leur petit nombre devant l'immensité des morts, et la destinée fatale de leurs élans vers l'aller sans retour.

Les yeux maintenant grands ouverts, elle se rendait compte que ce silence parfait lui avait convenu. Une voix de mère avait pu le traverser pour atteindre le cœur de sa mémoire : un sillage maternel l'avait fait émerger vive de la noyade au ventre des maternités perdues. Loin des rêves de soif étanchée à une fontaine imaginée, l'enfant était rentrée de la haute mer sur le sillage sans barque d'une aimée inconnue, sans s'attarder dans le noir à lui sculpter un visage apparenté.

L'Œil la considérait comme une rescapée de l'arche de Noé. Mais il n'était pas en son pouvoir d'ouvrir sa porte, seulement de la briser, et il n'avait pas encore réussi à la faire se lever. Au-dehors, presque tout aurait pu déjà avoir disparu avec les lucioles et les cabris, dans un pêle-mêle d'arbres déchirés, de fruits avortés, d'étoiles tombées, de meubles brisés, de pages arrachées. Mais grâce à l'annonce du déluge qui avait fait barricader ses portes, il lui restait presque intacte son arche des Flamboyants, tombeau des renaissances à inventorier. Le refuge du salon trop plein de tout ce qu'elle y avait entassé, remplissant le peu d'espace entre les vieux meubles ; les buffets chargés d'anciens services inutilement neufs ; la contrebasse sans cordes appuyée contre le piano, près des congas cubaines ; tous les livres d'aujourd'hui et les cahiers de sa table de travail de la véranda remisés en vrac dans deux caisses au pied des rayonnages trop chargés des livres d'hier, présences de mémoire et d'imagination ensemble barricadées.

Le moment de la fin de trêve approchait. Poursuivant son inventaire de la pénombre dans un mouvement circulaire de ses grands yeux, son regard s'arrêta sur *La Jungle*, l'affiche reproduisant le tableau de Wifredo Lam au milieu du mur du salon.

L'Œil, complice cette fois au diapason, savourait la puissance d'évocation qui pouvait advenir d'un regard bien écouté, le repérage minutieux d'un événement, d'un clignement d'œil imperceptible à l'oreille, la chance d'une pénombre ou d'une myopie accommodant un trait, une tache, un coloris, bruissant de l'avancée nocturne d'un peuple fleurissant sans mal à l'âme, enflammé de sèves jusqu'aux seins pour la genèse de ses forêts, dans le plus pur mutisme d'une *Huile sur papier*.

Les yeux ouverts aident parfois la mémoire : *Sous l'intensité de son regard, chaque objet, chaque détail se détache comme pour compenser l'absence éternelle de celle*

qui leur a donné vie et place dans la maison mère. L'ac-
calmie laisse ses sens en veilleuse percevoir l'atmosphère
exhalée par son domaine sans maîtresse, sa tanière sans
félin, sa cage sans barreaux : un mélange de solitude et
d'ouverture, comme le mouvement d'une Manzè-Marie,
petit feuillage qui s'ouvre ou se referme au gré de ce que le
vent lui donne à effleurer.

Pour l'heure, aucun bruissement de l'Œil ne venait
troubler son déploiement du souvenir maternel, blottie en sensitive autour de ses images de cœur. Dans
le salon surchargé, oscillant entre ombre et lumière
au rythme de la lampe à pétrole, c'était ce soir *La
Jungle* de Lam tout entière qui éclairait ses yeux
nus, son grand poster planté là devant elle en sentinelle. Le tableau qu'elle avait voulu décrocher pour
le protéger, mais qu'elle avait préféré garder au
mur pour qu'il l'aide à affronter les yeux ouverts le
déchaînement des éléments : *la forêt, la mangrove, le
monstre, la nuit, les graines volantes, la pluie, la liane,
l'épiphyte, le serpent, la peur, le bond, la vie, le senti-
ment, le rêve, l'hérédité.* Tout cela à garder en une
seule image si la fin de son monde devait survenir
ce soir. Son tableau, cadeau surgi un soir d'anniversaire : *Le paysage natal des Antilles, mais les Antilles
d'au-delà les masques blanchis, les Antilles des initiés
bâtisseurs. De cette* Jungle *à cette jungle de cette nuit,
il s'agit bien là aussi d'élans enracinés, de sèves libérées,
d'apocalypses méthodiques, de pourritures ordonnancées*

sur une palette d'initié, colorant des hommes-colibris, des femmes-flamboyants, des lèvres-hibiscus, peuplant tous debout la mappemonde incandescente condensée en la mère-Caraïbe, sans un coin d'espace gaspillé sur l'île ni sur le tableau.

Elle referma alors les yeux pour mieux ressentir le coup au cœur d'une vision jumelle, au rappel de tant d'appels à vivre, de bonheurs entrevus à sept ou à sept mille ans de kilomètres de l'autre, chaque île à un bout du désert, mais avançant cette fois dans le sillage d'un tracé de pas nus promettant un avenir à l'amour sur le sable : *Elle se voit remontée du passé jusqu'à l'air libre, émergée du cyclone caraïbe, sa mémoire saine et sauve épanouie dans l'imagination. Par soif d'échanges avec ceux qui entretiennent cette soif. Avec le souvenir tout frais d'un soir de téléphone, c'est quand le souffle de la voix se fait si proche qu'elle réalise alors à quel point, sans les oreilles, elle se serait sentie bien seule.*

L'Œil était maintenant parfaitement aveugle à toute cette arrière-pensée dans ses yeux qu'elle avait refermés pour mieux retenir les voix intérieures qui traversaient son cœur, son enfer et son ciel. Mais quand, enfin, elle se releva du fauteuil, c'était avec une telle expression de force sereine, comme si elle s'était renforcée d'un deuxième cœur en son corps, qu'il comprit qu'elle s'était résolue à sortir.

La vérité étant faite de légendes à vérifier, elle avait repris force et courage pour sortir à la rencontre de la Bête-à-Sept-Têtes, à l'exemple du petit frère du conte, Pélamanlou. Seulement, lui, il était armé de sa flûte accompagnée du rythme de nuit des lucioles et des crapauds. Mais elle, il allait lui falloir, toute seule, aider l'oiseau blessé à refaire le compte de ses plumes dispersées, soigner la queue coupée du crapaud-tambourineur, sauver de la noyade l'amour de l'Enfant et du Poisson-Bleu, arracher Nanie-Rosette à la Roche-du-Diable, protéger les fourmis porteuses des graines d'Idanre, et puis surtout consolider avec trois planches les portes branlantes à l'arrière de la maison, par où tout à l'heure allait recommencer l'attaque de la Bête.

L'Œil était rassuré de voir sa nouvelle détermination à sortir, car la fin de sa trêve approchait en sourdine. Lui, avec son seul silence, avait craint d'en arriver à lui faire désespérer du silence. Il est parfois des paroles qui font désespérer de la parole. *(Seule la musique arrive à ne jamais faire désespérer de la musique.)*

Emportant la lampe à pétrole, elle retourna dans sa chambre afin de bien se préparer pour sortir affronter librement le regard du cyclone. Assise devant le petit miroir de son chevet, elle plaça d'abord un serre-tête dans ses cheveux, puis des créoles à ses oreilles, son collier grain d'or au cou, une broche assortie sur son T-shirt, une ceinture dorée pour marquer la taille, la bague d'esclave héritée d'Angela à l'auriculaire et, surtout, sa tortue à tête de bélier, le bracelet de sa mère légué par son père, toujours l'unique bijou des soirs d'intensité. *(Voyage vers le village où tu n'as pas ta maison, mais voyage avec ton toit.)* Avec ses sept attributs de parure, elle se sentait en compagnie pour l'épreuve de sa sortie, le souci de quitter l'ombre de la case pour celle du nuage au-dehors.

Elle enfila un jean, ses bottes et son ciré, refit son lit machinalement, rangea les quelques livres ouverts à ses pieds, tout en croquant une demi-tablette de chocolat Elot ; puis elle revint au salon et se resservit en grimaçant une tasse du café sans sucre du thermos. Le breuvage avait tiédi. Il était déjà bien tard pour sortir.

Elle enfonça dans ses poches sa lampe-torche, un marteau, des tenailles et un sachet de clous à bois. Elle considéra la porte d'entrée avec sa persienne brisée et son rafistolage de cartons, et au lieu de l'affaiblir encore en tentant de l'ouvrir, elle décida de déclouer les volets d'une des fenêtres pour se glisser à l'extérieur. (Et tromper ainsi la Bête-à-Sept-Têtes, peut-être embusquée derrière sa seule porte de sortie.)

L'Œil, comme s'il avait voulu se faire pardonner d'avoir attendu cette fois-ci le coucher du soleil pour abattre son cyclone sur la nuit, avait écarté un pli du rideau de nuages pour laisser projeter un rai de pleine lune sur la mi-temps de la tragédie, autour d'une petite délégation d'étoiles, dont le fait que certaines étaient mortes depuis longtemps ne rendait pas moins intense leur éclat sur la désolation.

Pied droit pour la joie, gauche pour la peine, elle s'avança sur la galerie déjà défoncée et noircie de détritus. D'ordinaire, chaque mois, la pleine lune la faisait ressortir à l'heure du coucher, quand, après avoir éteint toutes les lumières, elle croyait avoir oublié celle de la véranda, et découvrait chaque fois que l'éclat de son soleil de nuit l'avait trompée, en l'attirant dehors pour l'admiration bouleversée de son rayonnement. Il lui arrivait alors de passer la nuit blanche jusqu'à la jonction du soleil levé, face au ciel, ce jardin désert de jour, pleinement fleuri la nuit.

Mais, ce soir, la lune pleine éclairait l'extrême violence des premières destructions, comme si le cyclone avait déjà accompli ses deux tours.

Elle restait debout, figée au bord de la galerie, incapable d'imaginer qu'une nouvelle attaque encore plus violente allait encore s'acharner à coups de grâce sur son monde déjà assassiné. Car le vent s'était enroulé furieusement autour de son pays natal : *il l'avait dévoré, mordu, embrassé encore, lié au grand trou noir, étranglé jusqu'à la langue, mais sans noyer la lune pour sa nuit.* Et sans doute la pleine lune allait-elle faire empirer la puissance des vents par son pouvoir d'aspiration, nourricière ce même soir de féconda- tions, de germinations, de montées de lait et de sèves. Mais toutes mort-nées.

Tous ses arbres avaient déjà souffert jusqu'au tronc. Plus de feuilles, plus de branchages ; et sur l'herbe un tapis sale de fruits écrasés parmi un pêle-mêle de détri- tus arrachés à la maison. Son manguier avait perdu l'une des deux énormes branches qui sculptaient le giron où elle s'était si souvent réfugiée pour s'envo- ler du monde. En l'absence du vent, il avait arrêté de gémir. Et elle se rendait compte, devant sa branche cassée, qu'elle tenait à son arbre encore plus qu'à la maison, cherchant déjà le moyen de le protéger comme il avait su, lui, la sauver dans ses jours de chute ou d'éruption. Au moins s'il mourait tout à l'heure, il faudrait alors à tout prix qu'elle-même survive pour servir de témoin, car la nature allait perdre sa parole pour très longtemps.

L'Œil surveillait son désespoir, ayant voulu qu'elle sorte pour aller clouer plus solidement les portes à l'arrière de la maison. Il savait bien qu'elle avait craint de découvrir dehors un désert mort, figé, noyé. Aussi, il lui éclairait au contraire une luxuriance de survies écrasées, de brisements d'arbres et de vaillances d'arbustes, un riche fourbis de petites résistances et de fragiles agonies. A ses pieds, une colonie de fourmis méticuleuses s'affairait à transporter au nid des ravets déchiquetés. Il éclaira les fourmis, victimes ordinaires de ceux qui marchent sans rien voir, compagnie des feuilles mortes et du fumier, affairées à ras de terre sans répit de nuit, d'extraction vraiment trop basse pour la portée du vent, sourdes à ses assauts et muettes à leur propre écrasement, recomposant dès l'accalmie leur colonne décimée pour se hâter d'engranger leurs portions de résidus morts afin d'assurer leur petit lendemain.

Elle suivit le mouvement de leur colonne vers le côté gauche de la galerie. C'est alors qu'elle se rendit compte que la vieille cuisine s'était effondrée, accolant son flanc au mur côté salon. Il ne restait plus rien de cette petite case qu'elle avait convertie en bureau, un peu à l'écart de la maison mère, et dont les fenêtres donnaient d'un côté sur son manguier, de l'autre sur le pied de letchis et la Soufrière à l'horizon. Elle l'avait heureusement presque entièrement vidée dans l'après-midi en prévision. Le vieux placard en fer qu'elle n'avait pas pu bouger s'était éventré, jeté en boutoir contre le mur. Il gisait renversé par l'avant, protégeant ainsi de l'envol tout son contenu trempé, sans doute illisible, tout à jeter demain. L'essentiel était en lieu plus sûr à l'intérieur. Il ne restait rien de vraiment important, rien que des pages muettes dépassant du passé, présences cependant rendues précieuses par leur brusque effacement. Un jour peut-être, elle aurait bien tout jeté, mais en prenant le temps d'en déménager la mémoire dans un petit espace du cœur, au lieu que ce spectacle lui faisait remonter une rage d'eau dans les yeux contre l'injustice du cyclone acharné sur de vieilles pages inutiles, mais vitales pour remeubler l'oubli.

L'Œil s'éclaira en la voyant ramasser avec difficulté une feuille de tôle enserrée entre les débris et entreprendre de la clouer sur la palissade à l'endroit où la fêlure des planches ouvrait une fissure dangereuse du mur côté salon.

Grâce à la pleine lune, chacun dans l'île avait pu voir que le ciel ne s'était pas effondré. Restait à finir de tout consolider, rafistoler les cases, encourager les arbres à tenir jusqu'au retour des colibris. Sans plaintes ni paroles, dans le silence de l'Œil et le silence des hommes mutuellement respectueux.

A présent, il allait falloir rentrer. Un mouvement sourd marquait la fin de l'accalmie.

Elle s'était écorché le doigt avec un coup de marteau. En jetant un dernier regard à l'embrasure du placard éventré, elle perçut dans un rai de sa lampe le reflet d'un objet noir. Dans un même élan où le cri sourd : *manman !* s'échappa de sa bouche, elle se précipita, ayant dans un éclair reconnu sa valise porte-disques, son ultime cadeau miraculeusement épargné de l'accident d'avion qui avait assassiné sur la Soufrière son père musicien de retour au pays natal. *(22 juin 1962 : Le Boeing 707 Paris-Santiago explose à la Guadeloupe avec 113 passagers à bord.)* Douze disques rescapés de la soute à bagages, trésor posthume du jazzman qu'on lui avait restitué grâce à la carte jointe pour son anniversaire, programme d'initiation aux musiques noires du monde pour ses dix-sept ans, brusquement déjoué en requiem pour une veillée de cercueils vides dans le silence d'un carnage, un bouquet de flammes harmonieuses éclatées au corps d'un père en plein cœur de son adolescence.

Serrant la petite valise dans ses bras, elle retourna sur la galerie, avec une gratitude pour le rayon de lune qui l'avait prévenue. Tout ce qui s'arrache à la mort mérite d'être chanté. Elle leva les yeux pour chercher l'étoile d'Oshun, la Vénus des connivences du samedi soir, mais le miroir de lune aveuglait jalousement toute autre vision d'étoile au rendez-vous.

Par la fenêtre ouverte, elle posa son trésor au sec à l'intérieur, puis elle fit le tour de la maison pour aller renforcer à grands coups de marteau les portes de derrière avec les barres des volets arrachés de la cuisine. Père et mère, elle avait déjà tout perdu de son passé. Qu'avait-elle donc à perdre d'essentiel encore à l'avenir ? Être orpheline, c'était être condamnée à vie à être vue par tous les autres comme un oiseau posé sur une branche nue en lieu et place d'une fleur enracinée. Et puis un jour prochain arriverait où son père serait plus jeune qu'elle-même, comme sa mère l'était déjà : figés dans leur jeunesse brisée au fond du feu pour l'un et de l'eau de mère pour l'autre.

Mais, pour ce soir, elle n'avait garde d'oublier la leçon d'espoir de ses deux parents morts qui avaient survécu par miracle au cyclone de 1928, seul chacun parmi l'hécatombe de leurs maisonnées. L'éclairage de l'Œil et des hérédités surgies lui avait rappelé qu'il n'y avait d'humain à préserver dans tout cyclone que le naturel de la résistance des humains.

Alors, l'Œil s'éloigna rapidement dans le déchaînement revenu de tous ses éléments, jetant un rideau noir sur la lune, abattant brutalement le ciel.

Avant de retourner s'enfermer dans la maison, elle s'avança une dernière fois sur la galerie. Ses grands yeux éclairèrent un dernier rai de lune sur les parures de sa sortie et ses vêtements boueux.

L'Œil, déjà bien trop loin de sa vue, ne l'entendit pas murmurer à son manguier blessé le message d'espoir de la nuit amérindienne :

Ne t'accroche pas au soleil, demain il sera de retour...

La pluie de vent commençait à battre dangereusement son visage. Elle attendit quelques minutes encore, trempée, transie, debout à la fenêtre, puis elle la referma en la reclouant de l'intérieur.

Cinquième heure

5

Ta cinquième heure, je vais l'accompagner. J'appellerai tous tes maux par leur son.

Car la violence a redoublé, surprenant tes oreilles distraites par la trêve de l'œil.

Le vent acharné tambourine à tes portes barricadées. Mais moi, vers toi je les traverse sans souci des serrures, car étant parfaitement aveugle, je suis par ma nature ignorante des murs.

La tôle que tu as reclouée ne tiendra plus longtemps. Mon vieux piano désaccordé, ma contrebasse sans cordes peuvent rester mourir là avec le salon. Mais essaie de sauver la paire de congas cubaines, la mini-chaîne, et tout le lot de disques et de cassettes. Sans oublier de décrocher ta *Jungle,* cette forêt de danseurs aux pieds déracinés en attente de ma rumba.

De ton cœur jusqu'à ton oreille, j'ai remonté la pente pour résister avec toi dans la vieille maison qui s'écroule pièce à pièce, et qui craque et qui crie sous les hurlements du vent ivre. Et je l'entends par-dessus moi qui délite en fétus les palissades d'essentes, redoublant tôle après tôle l'attaque de la charpente, et infiltrant des serpents d'eaux ruisselantes par le galetas.

N'aie pas peur : je connais très bien le fonctionnement du vent. J'apprécie qu'il transfigure la chute des feuilles en une dernière danse, ou qu'il disperse les cartes comme ce soir pour une donne nouvelle et plus égale : qui a le moins perdra le moins, qui a plus aura plus perdu.

En trois voyages tu m'as presque toute émigrée avec toi dans l'étroite salle de bains, protégée encore par le couloir et les pièces alentour déjà investies. Tu as même trouvé une place pour la contrebasse, corps de femme à voix d'homme, dont la pique et le cordier intacts me font rêver de cordes neuves pour refaire battre le cœur des sons. Le piano est resté pour un dernier solo.

Ne cherche surtout pas déjà l'issue de ton nouveau refuge. Si tu n'as plus d'espace, j'ai aussi le pouvoir de libérer le temps.

J'ai l'habitude d'évoquer des regards sans l'aide

des yeux. Avec moi tu ne seras plus seule pour ton blues et pour ton combat : tu vas te souvenir et je vais t'enchanter.

C'est la vie comme je l'aime, *Stormy Weather*, quand je pèse les maux avec le poids des sons, abattant la mesure entre désastre et connivence, dans la langue des oiseaux.

Face à ton grand miroir, suce ton doigt blessé pour engourdir l'hémorragie, arrose-le d'alcool pour le désinfecter. Prends une rasade du café refroidi au goulot du thermos ; puis trempe un doigt dans le flacon d'alcool afin d'humecter ta langue d'une brûlure tonique, pour ne pas tomber mal du coup au cœur que j'ai senti passer.

Mes effluves familiers de nuits blanchies, d'alcool et de café remontent en toi, brûlant à petit feu ton espoir confiné. Boîte de bains, salle de nuit, assise sur le rebord de la baignoire, allume ta troisième cigarette et ne dis rien, abandonne ta tête au balancier du cou, que je te touche sans les mains.

C'est la nuit comme je l'aime, l'heure bleue d'après minuit, quand j'accompagne les danses de survie pour que bonheurs ou malheurs épargnent le silence.

Tu as bien fait de te déshabiller, entièrement nue sous ton grand T-shirt blanc. Cela est bien ainsi. La maison plie, la maison crie, le vent hurle plus fort qu'elle, et refroidit ton corps transi. Tes pieds sont nus sur le plancher humide de la petite pièce, mais n'aie pas peur des tremblements du sol, ce n'est pas l'heure de vouloir s'envoler : appuie-toi sur la pesanteur, pour que je monte en tes seins.

Mais il faut d'abord que, pour ma circonstance, tu veilles à reconnaître ma voix, celle qui convient pour t'accompagner ce soir : ma voix de déchirure, ma voix de méandres cassés, de silences violets, ma voix de soif violée, ma voix désarticulée entre désir et désespoir, mourante entre deux flics, ma voix de gorge raptée contre une rançon de couplets mal finis, de refrains sans début, interdite de partitions, ma voix de négresse bleue, fécondée par des plantations brutes d'hommes dans mon jardin d'enfant, ma voix abandonnée une seule fois à une tendresse purifiée des bas-fonds : Satin Lady au creux du saxophoniste, la quintessence du mot « amour » et du mot « faim », ma voix jamais coupée de son beau chant giclé.

> *I don't know why, but I'm feelin' so sad...*
> *toute une nuit de ragtime et de blues*
> *traversée d'un pêle-mêle de rires*
> *et de sanglots d'enfants abandonnés...*
> *I'll get by (as long as I have you)...*

Maintenant, je suis prête à prendre la relève du silence révoqué.

Laisse la maison trembler pour toi. Jette ton mégot dans les waters, urine bien fort les yeux fermés. Dans le capharnaüm de ton refuge, cherche le casque stéréo et ajuste-le à tes oreilles ; laisse pendre à ton cou le cordon inutile : même sans courant, je saurai te renouer mes fils coupés, offrir au silence ma densité. Ramasse le coffret de tes cassettes d'élection, offrande de l'un ou de l'autre pour ton anniversaire parmi la préférence de l'année, avec des notations de connivence tracées sur le boîtier pour compagnie de ta première écoute toujours solitaire tard la nuit après les départs.

Ne pleure pas la trahison de ceux qui t'ont laissé ce soir face à leurs boîtiers muets.

A présent, allonge-toi sur le petit matelas posé au fond de la baignoire, comme pour un bain d'air humide et confiné. Mais surtout ne cherche pas à t'endormir en ce giron, car tu ne pourras m'écouter qu'avec tes yeux ouverts. Tu vas prendre chaque cassette l'une après l'autre et faire défiler la bande entre tes doigts.

Il faudra que tu survives au silence de ma compagnie. Sans piles ni lumière, sans instrument ni chaîne, tu vas prendre chaque cassette et tu vas la dévider, en tirant toute la bande pour défiler mes sens, délivrant le fil de mes heures enregistrées. Comme savent le faire les tout petits enfants pour détruire la mémoire du temps où ils n'étaient pas encore là.

Que ta main ne tremble pas sur la destruction du ramage des bandes enchevêtrées en chevelure magnétique emmêlée sur ton ventre. Tes amours reviendront s'ils reviennent avec d'autres cassettes sans mourir de la mort de celles de cette nuit. Ne fais pas de provisions de gammes avec de fausses présences. Mais pour ce soir qu'au moins en temps réel ils repassent sous tes yeux avant de disparaître, sans la tricherie de l'improviste enregistré et des mélodies réembobinées pour pallier le silence des absents.

J'ai assez de puissance pour t'offrir mille minuits de mélodies capables de repousser d'une heure ta chute dans le malheur de cette nuit sinistrée.

Do nothing 'till you hear from me.

Aide-moi seulement à éclairer tes yeux par l'image de mes sons obscurcis. Cache-moi bien silencieusement en toi. J'ai l'habitude d'accompagner les tragédies noires en notes à ma portée.

Fais confiance à ma lucidité. Je sais comment les malheurs peuvent me provoquer pour nous exterminer. Sérénade violée dans un tapage nocturne. Je n'oublie pas : *The beginning and the end*, la dernière composition de la dernière nuit du dernier concert de mon Frère Clifford, l'enfant-génie assassiné en voiture le lendemain par un violent cyclone contre un arbre dérapé de son *Axe*, pour avoir voulu dépasser mon rythme jusqu'à la vitesse effroyable du vent.

(Les arbres du sud portent d'étranges fruits parfois, qui les tachent de sang, des feuilles jusqu'aux racines.)

Souviens-toi aussi de l'exemple d'une de mes Sœurs égarée de voix : un soir, la tempête de ses malheurs faisait un bruit si fort que, pour ne pas devenir sourde, elle s'est mise à chanter.

Souviens-toi encore de mon Frère pianiste emprisonné, qui avait dessiné le clavier de son piano sur le mur de sa cellule, et qui plaquait autour de minuit les accords d'une danse infidèle au silence de sa tête matraquée.

Et toi, pour m'accompagner muette, tu improviseras…

Écoute bien d'ailleurs la dédicace de *Kind of Blue*, ma première cassette défilée pour l'écoute de tes yeux :

Ne jouez pas ce qui est là, jouez ce qui n'est pas là. L'acte de naissance cool de mon Frère Miles, pour te faire comprendre de bien prêter l'oreille à ton casque muet. Alors, déroule lentement la bande afin d'en saisir les portées, proposées à ses compagnons sans répétition, juste avant de les improviser ensemble, pour illustrer d'un soleil noir la couleur de la mélancolie et du désespoir surmontés. Avec la connivence secrète entre trompette et pianiste d'une mélodie noire composée avec les seules touches blanches du piano.

La bande défile entre tes doigts. La vibration de la contrebasse ravive en toi mon odeur de blues vert et de flamenco noir. Une larme résiste à ta paupière, car tes yeux rougis ont besoin de bien voir : ce n'est pas le moment de m'aveugler. Replie-toi dans mon vide pour mieux imaginer.

L'impossible nous sert de lanterne pour atteindre le possible, t'a écrit Adrien au verso du boîtier. Retourne les yeux sur l'autre face pour retrouver l'*Amour suprême* de mon Frère John, avec sa croyance que son saxophone en sait tellement plus que lui qu'il arrive mal à l'arracher de sa bouche avant un trop-plein de mesures jusqu'au bout de son souffle dans un *Blues pour toi*, pour Alice et pour Naïma. Ses notes favorites invoquées à coups d'accords avancés sur son temps ont porté si profond que les oreilles des murs se sont aussi ouvertes.

Continue à tirer sur le fil de ma vie en toi, beaucoup plus long que tu ne l'imagines, des mètres et des mètres à dérouler avant de passer mon temps. Ma mort par improvisation chaque soir est loin d'être finie.

La deuxième t'envole jusqu'aux chants populaires d'Haïti. *Ici, l'espoir a perdu ses racines, mais les racines n'ont pas perdu espoir.* Mes Sœurs Toto, Mariann et Émilie déroulent vers toi le deuil des îles noyées, jusqu'au rassemblement-coumbite au soleil levé. Laisse-toi porter, laisse-toi jeter, laisse-toi fracasser, laisse-toi envoler. Écoute la maman-liberté : si tombée, sitôt relevée.

Je suis vent, tu es papillon. Même le soleil est parti quand ton bateau a chaviré, sans une étoile pour éclairer l'exil, mais dans un archipel protégé par les desseins vaudou. Alors, détourne une fois encore en chant d'espoir haïtien le désespoir caribéen, suivant le secret bien masqué des résistances : même si l'oiseau est invisible, nous savons voir la couleur de son chant. Et retrouve dans l'enchevêtrement de la bande morte les visages de nos Frères Kouidor, Mano et Joby, rayonnant autour d'une femme debout imposant un détour à l'ouragan, un concert d'hommes dressés contre la logique du pourrissement, et qui t'embrassent en deux mots quatre paroles : *Fout fanm fô, lè fanm fè tan fè fos pou fô…*

La troisième t'enveloppe des sept rythmes du tambour ka, la plantation guadeloupéenne de ton origine. *Si le ciel ferme les yeux aux pleurs et aux rires des nègres, il les rouvre quand ils jouent.* C'est ainsi que j'aiguise mes léwoz nocturnes pour toute main gauche prête à risquer l'espérance ou le sacrifice. Laisse dérouler les pas de ta danse avec tes Sœurs d'Akadémiduka, partagée entre les figures d'ensemble asservies à la mesure de la peau mâle des tambours boula, et ton solo improvisé seule à seul avec le tambour marqueur, en harmonie avec la frappe de sa peau femelle.

Mais n'oublie pas d'oublier l'absence cruelle ce soir du chœur des répondeurs. Suis plutôt avec moi le défilé des sept rythmes : roulé, pajenbel, mendé, gragé, et les trois préférés que je t'ai appris à marquer au tambour : toumblac, léwoz et kaladja. Car j'apprécie avec toi la transgression antillaise de l'universel interdit des tambours au féminin. Et tu sais qu'une de mes raisons d'être, c'est la traduction par des instruments d'hommes du silence des femmes transfiguré par leurs sept voix de nue, de nuit, de pluie, d'envol, d'enfance, de soleil et d'opéra. Avec toi ici cette nuit, et partout ailleurs avec toute femme esclave libérée, mes paroles de blues, de songs, de tangos, de léwoz et de guajiras sont toutes pour appeler l'amour au secours des tendresses violées, et faire écouter aux hommes le tambour au ventre des mal-entendues.

Déroule la suite de ta bande guadeloupéenne jusqu'à croiser ses autres voies d'exil : Frère Jean-Marie au piano, Frère Mavounzy au saxo, Frère Lirvat au trombone, Frère Lamothe aux percussions, dans toute la force créatrice de leurs racines en Paris. *Si tu cries, le monde se tait. Si tu chantes, la nuit se solidarise.* La Seine avait vu pleurer un homme sur une femme repêchée noyée avec son nouveau-né. Et moi, pour leur renaissance, j'ai tiré les rafales de mes bals nègres contre les solitudes et les malheurs immigrés : biguine et mazurka créoles, rumba, danzon, blues et calypso, de rue Blomet en Cabane cubaine jusqu'à la Cigale, l'Escale, le Discophage, la Chapelle et l'Opportun.

Exilée ce soir dans la prison de ton île, je sais comme toi que la solitude donne à chaque mot son prix, à chaque solo sa densité. Seul l'essentiel résiste aux arrachements d'exil et de tempêtes, telle la majesté du piano, émigré des salons polis de silences jusqu'aux bars des bas-fonds pour imposer after hours mes chaleurs de biguine, les boléros de mes mélancolies et, de Frère Jean-Marie en Frère Rosine, ma berceuse pour toi ce soir : *Doudou pa pléré… Lévé lévé lévé… Jou-la ka ouvè…*

Avec la quatrième, déroule à l'avant-scène de ta mémoire le piano d'Ellington et de Monk, mes deux Frères d'élection, les deux qui ont su enrichir ma gamme d'une huitième note inventée : la note du silence, pour choisir avec elle entre deux accords à naître le plus fertile à récolter. Sonneurs du piano, par nostalgie de tambour. Avec l'oreille comme instrument secret entre leurs mains.

Laisse filer entre tes doigts la touche de leur main gauche, la main des coups au cœur frappés en juste dissonance, *sweet and lovely*, afin de libérer le thème trop beau pour être enfermé dans le carcan de sa répétition. Avec des mélodies couleur bleue, *Mood indigo*, belles à pleurer la perte de l'innocence et du sentimental.

Frère Duke te fait avec sa bande un collier de son *Creole love call*, prélude à un baiser posé sur sa solitude par une caravane de musiciens et de femmes rêvées. Jusqu'au *Blues de 4 h 30*, l'heure qui arrive maintenant presque déjà au bout de ta nuit. Alors, même un instant, il faut que je le laisse fermer tes yeux…

Reviens maintenant à moi chez mon Frère Monk, avec le long défilé de sa répétition de *Round Midnight*. Je veux que tu observes jusqu'où la solitude peut s'enfermer pour rendre toute sa justice à une mélodie. Je veux que tu ressentes le poids de ses bagues aux mains pour mieux déjouer les appels de virtuosité et imposer à ses doigts mon harmonie. Il est tellement seul qu'il joue en m'écoutant, et qu'il attend l'accord de la note à venir, ma note innocente, entre la note prévisible et le vide à improviser, pour offrir à la liberté un premier pas vers sa libération.

Parce que tu es aussi orpheline, je sais que tu peux compter sur la compagnie de son piano solo. Un homme qui tourne en derviche autour de la sphère de ses compositions, en veste d'intérieur et en chapeau, sans même plus jamais regarder par la fenêtre audehors la ville trop folle, barricadé contre les cyclones de la vie extérieure.

Mais attention : oublie ce soir le mot « folie » ! Oublie son regard de père qui ne reconnut plus un soir le visage de son enfant. Quitte-le avec mon *Crepuscule with Nellie*. Sa plus belle mélodie, souvent rejouée par lui, sans jamais une improvisation, toujours trop courte par déni de fioritures, la mélodie d'une promenade avec Nellie malade, pour l'accompagner d'amour à cœur ouvert avant son opération du lendemain. Laisse-la filer. A deux pas du dénuement. Ne le suis plus jusqu'à son crépuscule. *Écoute bien ce qui l'éclaire, improvise sur ce qu'il assombrit…*

Avec la cinquième, resurgissent les *Passions d'un homme*, debout contre sa contrebasse : mon Frère Charlie, celui qui sait prêter ses oreilles aux autres joueurs, improvisateur de ruptures afin d'harmoniser les rages contre toutes les ségrégations et toutes les partitions des pithécanthropes attardés. Non pas accompagnateur, mais compagnon chef de sa bande, chacun poussé à son extrême altérité, à charge pour lui-même de souder les solitudes à la beauté de son thème et aux riffs d'unisson.

Chaque association de notes encourage son démenti. Regarde-le, notre grand improvisateur de ruptures, brisant le swing nègre trop souvent balancé au bout d'une corde blanche, pleurant avec ses ballades, criant avec ses blues, riant avec ses titres : *Pour la réincarnation d'un oiseau bien-aimé*, la *Robe orange de ma fille Caroline*, la *Lettre ouverte à Sue*, le *Chant d'amour au pianiste de l'orchestre*, le *Coup de chapeau d'adieu au saxophoniste Prez*, les trois couleurs de son *Autoportrait*. Bassiste dressé sur son fauteuil roulant, composant avec moi jusqu'à la dernière souffrance, improvisant d'ultimes modulations de voix pour noter sa mélodie quand la parole était déjà bloquée.

N'aie pas peur de bien dévider tout le reste de sa bande, car tes yeux retrouveront au-delà de sa mort ton émotion partagée en compagnie d'Antoine le soir du concert à Paris de l'Art Ensemble en hommage à *Charlie M.*, le maître disparu ; maquillés comme quatre enfants fous en costumes de carnaval nègre : Frères Roscoe, Joseph, Don et Malachi, délivrés des camisoles par leur cacofolie ; sous le regard du Frère Bowie, le trompettiste assis en blouse blanche d'infirmier, dans l'attente patiente de la mélodie : *Magg Zelma..*

Sixième cassette. (Mais le rappel du blues d'Antoine a ralenti ton défilement.) *Salsa :* le voyage afrocubain cette fois en compagnie d'Adrien. *Pase lo que pase, la vida continua !* Tu retrouves la mémoire grâce aux paroles de ses rumbas, ses sons montunos et ses guajiras, serties de dédicaces.

> *Hay que vivir lo que se puede*
> *Hay que gozar lo que se puede*
> *puès haciendo la cuenta total*
> *que la vida es un sueño*
> *y todo se va …*

Précisément…
(Le jazz d'Antoine a moins besoin de mots. A la

clarinette basse, avec une quinte bémol, un soir il t'a fait pleurer par tes oreilles offertes.)

Reviens en moi, reviens à moi en ta Caraïbe. *Buscando America.* Leurs titres ou leurs paroles ne peuvent rivaliser avec mes sens. Est-ce qu'on relit une page aussi souvent que l'on me réécoute ? Souviens-toi d'une très lointaine soirée à la Cabane cubaine : les poètes se méfient des élans de la musique nue, alors ils l'habillent de paroles comme des amants jaloux. *Plazos Traicioneros.*

Cette cassette-là, tu hésites à la mêler aussi à l'enchevêtrement des autres qui s'amoncellent mortes sur ton corps dans ta baignoire sans eau. *Ansiedad.* Tu crains déjà de ne pouvoir t'empêcher de désirer la danser les yeux fermés à petits pas dans ton refuge, seule encore avec pour cavaliers la contrebasse muette et les congas. J'y suis si peu un rythme de désespoir, et tellement un appel à récolter la vraie vie en fêtant la survie des semailles, *a mi manera*, que tu vas désespérer de ne pouvoir me faire danser.

> *Se me parte el corazón*
> *cuando te veo llorar*
> *no te puedo consolar*
> *porque mi pena es mayor...*

Les couplets de Frère Chéo te disent ne rien pouvoir ce soir pour ta peine et pour toi. Poursuis alors jusqu'à étirer la mélodie de son refrain :

Canta, y olvida tu dolor…

Répète-le vingt fois en chœur avec lui. Chante, et oublie ta douleur ! Et chante sans les paroles. Songe à les oublier. *Je voudrais que ma douleur si vieille soit comme le gravier dans la rivière : tout au fond. Le rythme de l'eau courante ne la déplacerait plus.* Dédicace de *Juan Simón*, la milonga du Frère Barrosso. Les accents déchirés d'un héritage des chants d'esclaves, traversé du désir d'Afrique et d'Arabie, *via* les jardins d'Andalousie, enraciné en blues afro-cubain pour chanter les souffrances fertiles émigrées en terre de Santiago de Cuba.

Canta ! La vida continua. Continue à faire mourir ta bande. Laisse les paroles suivre le mouvement. Observe le trajet du piano : la main frappe une touche qui touche un maillet qui touche quelque chose et puis l'on a un son. Avec les cuivres, c'est toute l'intégrité du souffle qui passe et fait le son. Mais rien n'est plus direct qu'avec les percussions : de la peau sur la peau. Cœur frappé des congas, tumbas y bongos par les mains battues de mes Frères Chano, Candido, Barretto, Patato, Mongo, Chomereau. *Canta !* Et pour ce soir, souviens-toi bien aussi du secret des tambourineurs-médecins de sons : le roulement des tambours bata a la puissance magique de détourner le vent, d'imposer à la tempête son repli : *Canto Ebioso*.

Et puis ton cœur se gonfle à dérouler la voix de femme surgie sur les paroles des hommes : Célia Cruz : *Voici la voix avec laquelle aiguisent leurs armes puis les rentrent au fourreau pour ne pas se blesser l'espoir et le désespoir*. Célia diva, la Siempreviva de Severo. Voix de flamenco nègre, de blues créole et de soleil métis. Voix noire afro-cubaine qui sait tenir tout mon registre, depuis le chant des racines jusqu'au chant des fruits. *Bembe Colora*. Sa voix d'Anacaona, à hauteur de source et à puissance de torrent : *Quand la Reine, la Fleur d'Or chante le grand areïto, la Caraïbe entière se sculpte de silence, le jour arrête son retour, et la nuit vient écouter, songeuse et immobile, le romancero aux étoiles*. Sa voix qui donne envie de partager les blessures et les plaisirs, sa voix qui te donne envie cette nuit d'inviter à danser ensemble la jouissance et ta douleur.

J'ai senti frémir ton épaule nue, l'esquisse d'un frisson d'amour que ta main tiède s'invite à réchauffer. Pour toi, en moi, la solitude prend les notes, et le désir leur offre sa portée.

Se me olvido que te olvide. Entre tes doigts, la bande file et s'épuise en un défilé de serments d'hommes amoureux perdus ou éperdus. *Mi corazón lloró :* Frère

Benny. *Silencios :* Frère Ruben. *Nadie me ama :* Frère King Cole. Et tous les chanteurs de la *Sonora Matancera :*

> *Angustiá de no tener te a mi.*
> *nostalgia de no escuchar tu voz.*

Mais le cercle de mes hommes autour de toi forme pour l'heure un désert silencieux, une descarga impuissante, toutes leurs bandes mortes abandonnées froides sur ton corps nu, nos désirs filtrés par leurs regards.

Mais Adrien avait bien tout prévu en composant pour toi sa sélection, connaissant ta réticence aux paroles de miel latin : un final instrumental de contrebasse et de conga. La cassette se termine, tenue à un dernier fil : *La plus haute sérénité et la plus chaude passion, mains tendues et creuses, charnelles et vertes* ; mon dernier bonheur afro-cubain avec toi ce soir, un délicat danzon rythmé sans phrases contre ton cœur par la contrebasse de notre grand, notre très grand rumbero : mon Frère Cachao…

Au-dehors, la descarga du vent poursuit de plus belle son déchaînement.

La septième, je sais que tu n'as jamais pu l'écouter qu'une seule fois : *The Journey. Le Voyage.* Par-

cours d'initiation par l'orchestre de mon troisième
Frère d'élection, le Sud-Africain Dollar Brand Ibra-
him. La cassette qu'il t'avait dédicacée en souvenir de la soirée de son concert en plein air au fort
Delgrès à Basse-Terre, avec son Frère Dyani à la
contrebasse, pour offrir à la Guadeloupe leurs *Good
News from South Africa*, accompagnés des invisibles
percussions de la nuit antillaise, très harmonieuses
ce soir-là pour la belle occasion : *Jouer pour moi n'est
pas un moyen de transmettre un message, mais de le
recevoir.*

Celle-là, tu la serres précieusement contre ton
cœur, le poing serré sur le boîtier, sans pouvoir t'empêcher de me laisser remplir la petite salle de bains
des visages musicaux de tes amis de cœur. Si tu n'as
en effet jamais pu la réécouter, c'est que tu n'as pas
oublié ce qu'Adrien t'avait dit un soir en te l'offrant :
*Je te la confie ; et si je meurs un jour, j'aimerais qu'elle
accompagne ma veillée, car elle appellera les autres à
poursuivre le chemin après une mort aimée.* Et vous aviez
passé ensuite une bonne part de la nuit à l'écoute
de sa discothèque, pour rechercher aussi par jeu les
morceaux bien choisis qui pourraient convenir pour
la compagnie de vos ultimes veillées.
Bien sûr, il avait lui-même choisi naturellement
pour toi, quand tu partirais rejoindre tes père et
mère disparus, le thème même qui avait été à l'ori-

gine de leur première rencontre à Saint-Claude au carnaval de 43 : *Body and Soul.* (Mais toi, tu as bien gardé jusqu'ici avec moi seule le secret sur ton vrai choix !)

Vous aviez aussi joué à rechercher ensemble ma mélodie de fin des autres amis de cœur : sans aucune complaisance morbide, mais plutôt pour la quête du rythme ou de l'air qui pouvait le mieux, à mille lieues des chants funèbres, résumer les harmonies et les dissonances de leur vraie vie.

Fanm, de Joby Bernabé, pour Gerty : le plus beau chant créole qu'un homme d'aujourd'hui ait osé proférer pour célébrer l'amour d'une Antillaise à la face des Antillais. Mais c'est *Tutu,* de Miles, que, arrivée seule plus tard dans la soirée, Gerty déclara souhaiter entendre pour accompagner le souvenir de son amour perdu.

Pour Rosan, vous aviez élu unanimement *Stardust,* de Lionel Hampton, pour votre paysan posé sur terre avec des yeux de rêves à hauteur du volcan, à cause de l'extraordinaire solo du vibraphoniste, échappé dans un ciel solitaire en quête d'une graine volante sur la voie cristalline d'une goutte d'eau, puis redescendu en pleine terre pour les planter ensemble, au rappel insistant des riffs de tout l'orchestre à l'unisson.

Pour Antoine, musicien de mon cœur, lui comme vous étiez d'accord pour choisir Charlie Mingus : *Noddin Ya Head Blues,* avec ses deux guitares, le féminin du jazz, légères et aiguës comme des filles de miel, protégées par l'assurance calme et grave des deux mères-contrebasses et du saxo-ténor.

Pour Inès, partie enseigner aux Abricots, un lointain petit village haïtien, pour se perdre ou pour se retrouver, et qui depuis toujours n'avait aucun disque chez elle, trop occupée à lire à la lueur de sa télévision, ce ne pouvait être qu'un chœur de femmes. (*Pas d'hommes pour mon éternité, S.V.P!,* avait-elle plus tard confirmé par une carte postale.) Tu avais choisi *Papa Damballah,* avec Toto Bissainthe, le chant de celui qui ouvre la barrière de la vie et de la mort, toujours entrebâillée pour les hésitants comme elle, trop grosse pour s'y faufiler, trop fière pour sonner, et trop polie pour la claquer.

Pour Ariel, repartie vivre avec son fils Manuel au bord de sa Méditerranée, face à l'Algérie natale, après sa rupture avec Toussaint, votre choix s'était porté sur *Mount Harissa,* d'Ellington : un mariage d'Orient, d'Afrique et d'Amérique, un parcours de communion mais avec un début et une fin en solo.

Toussaint, lui, était déjà mort, sans prévenir, par *attentat musical*, comme il l'avait prédit. Un soir, il vous avait porté ce qu'il avait appelé son épitaphe musicale, tirée d'un texte de *L'Improviste*, à la mémoire d'Albert Ayler, son saxophoniste préféré : *Ainsi a-t-il vécu la fin. A son insu, elle le hantait assez pour qu'il voulût jusqu'au bout se débattre, en même temps sa victime, et son instrument, son allié et son adversaire, son témoin. Par ordre décroissant de vraisemblance, meurtre, accident, suicide, on n'a jamais rien su de certain sur sa fin...* Terrible et lucide prémonition de sa propre mort. On n'a jamais rien su de certain non plus sur la fin suspecte de Toussaint, sinon l'absurde fidélité de ma présence dans sa Deux-Chevaux déchiquetée autour d'un palmier royal, témoignant dans la nuit saignée d'une lacune d'harmonie dans le silence de sa mort, le radio-cassette ouvert à fond criant à tue-tête, sans que j'y puisse rien, ni lui, le message de ma guajira : *Pase lo que pase, la vida continua...*

Marie-Gabriel, mon amour, aie confiance, la septième toujours serrée contre ton cœur. Tu sais que j'accompagnerai toujours fidèlement tous vos instants de vraies douleurs et de vraie joies. Pour toi, cette nuit, calfeutrée dans ta prison-refuge, le défilé à travers moi de tes cœurs d'élection a nourri nos mémoires et éclairé tes yeux pour nous donner ensemble l'espoir en ta survie...

(Tu te relèves brusquement de la baignoire où tu étais couchée.

Un grand craquement venu du bout de la maison signale que la palissade rafistolée a dû céder en partie, ouvrant une brèche pour le tourbillon destructeur à l'assaut du salon.

Tu te précipites avec ta torche électrique afin de vérifier que les portes de communication intérieures vont bien pouvoir tenir. Celle du couloir paraît bien résister. Par précaution, tu vas chercher la vieille contrebasse pour la corer dans le chambranle.

La double porte du vieux bureau craque déjà sous la pression des coups donnés par les chocs des meubles du salon en folie.

De toutes tes forces restantes arc-boutées, tu tentes de placer contre elle le grand bureau d'acajou de ton grand-père. Le plancher humide t'empêche d'avoir une bonne prise. Pour mieux le déplacer, tu retires les quatre lourds tiroirs bien remplis, afin de pouvoir ainsi plus aisément pousser le bureau contre la porte ; puis tu les remets en place afin de bien lester le meuble pour sa résistance.

En replaçant le tiroir de gauche, tu découvres le petit magnétophone que tu avais offert à Élisa à l'époque de la convalescence de son mutisme aux Flamboyants avec toi.

Tu suces le sang de la blessure de ton doigt qui s'est rouverte sur une écharde du tiroir.

Le cœur battu en chamade à cause de ton trop gros effort, tu te replies haletante dans ton refuge de la salle de bains dont tu refermes cette fois la porte au loquet, restant appuyée contre elle de tout ton long comme pour la protéger avec ton corps...)

Marie-Gabriel, ce n'est pas le moment de te désenchanter.

Je t'ai poussée au réflexe d'emporter le walkman d'Élisa. Bien sûr, il n'est pas certain que ses piles puissent fonctionner encore après un silence d'années. Je sens que j'ai maintenant besoin de l'appui de tous mes sons pour te sauver de la noyade inéluctable de la maison. Il va nous falloir combler le silence intérieur où ta résistance cherche à s'enfouir. Malgré notre inventaire des chants de compagnie pour chaque mort à venir, n'oublie surtout pas que je suis née par vous afin que la mort n'ait ni le dernier solo ni le dernier silence.

Alors, tu vas bien m'écouter : tu vas reprendre ma septième cassette préservée parmi les déchets des autres bandes sur le matelas. Tu vas la placer dans le walkman. Tu vas remettre le casque à tes oreilles et le brancher cette fois sur l'appareil.

Muettes toutes les deux, tu vas retenir ton souffle et libérer le mien, en appuyant sur la touche de départ, les lèvres serrées par précaution.

Pour moi, j'en suis très sûre, ce ne sera pas un miracle, mais une nécessité : un petit restant bien préservé de l'énergie des piles va nous faire tourner la cassette. Malgré ton corps meurtri, ton visage va rayonner d'un éclat affaibli, et m'adresser le beau sourire intérieur de tes yeux refermés. Alors, tu vas te laisser glisser doucement le long de la porte, abandonnant tes dernières forces à la ferveur nourricière de mon allée-venue en toi...

Marie-Gabriel, tu ne bouges pas.

Est-ce que tu ne m'as pas bien suivi ? Ce n'est pas le moment de me désenchanter.

Ma sœur mon amour, tu sais que je suis ce que vous avez créé de plus puissant pour sortir ensemble, mains gauches réunies, des enfers importés. C'est moi maintenant qui t'appelle à notre secours. Un seul vrai son à ton oreille et le cyclone sera vaincu. Rappelle-toi : Élisa s'est guérie avec toi de son mutisme juste avant que les piles ne soient usées par le magnétophone patiemment ouvert dans l'attente de ses premiers mots nouveau-nés pour sa sortie du malheur. Rappelle-toi : cette septième cassette, Adrien te l'a préparée en soleil de minuit pour les heures comme celles-ci trop obscurcies par les pesanteurs et les fragilités. Laisse-moi pallier la solitude avec le souffle noir de musiciens tous amoureux de toi. Regarde bien la photo de l'affiche du concert sur le boîtier, et observe comment le hasard peut avoir plus de sens que le destin : cette session a été enregistrée il y a plusieurs années, mais à la même date exactement d'un même samedi de septembre que cette nuit. Si tu oses pousser le bouton, mes neuf musiciens d'Afrique du Sud, d'Amérique et de ta Caraïbe vont initier pour toi seule la résistance aux violences de ton cyclone et de leurs propres ghettos, avec leur *Voyage*, un ouragan de rythmes obsédants et de dysharmonies à démâter les voiles négrières, l'avancée d'une puissance sereine sans violence ni frénésie, d'une beauté convulsive à faire trembler les murs universels de tous les apartheids. Avec eux, tu forceras tellement la résistance de ta prison par l'unisson de vos souffles que la liberté de Mandela en sera ébranlée au sortir de cette nuit. Car n'oublie pas que tu portes toi aussi ce soir entre tes mains blessées la victoire de tous les Soweto. Sache bien te souvenir de ce message qu'un soir au fort Delgrès mon pianiste avait reçu de ta nuit antillaise et m'a donné à te transmettre…

(Mais tu déposes sur l'étagère le walkman et le casque d'écoute.

Tu enlèves de la baignoire tout le lot des bandes mortes que tu poses en vrac dans le lavabo, ainsi que le matelas que tu dresses contre la porte fermée. Et tu ouvres grand le robinet d'eau chaude qui libère un précieux filet de bonne eau gaspillée.

Puis tu ôtes ton T-shirt.

Belle et nue devant la glace de ta prison.

Belle et nue.

Tu frissonnes du froid qui monte du plancher détrempé.

Tu t'allonges dans la baignoire dont tu laisses l'eau monter doucement sur ton corps attiédi, accompagnant de ta main sa caresse attardée sur tes chevilles, le mont de Vénus et l'arrondi de tes seins submergés.

Belle et nue.

Puis encore.

Et puis, d'un mouvement très lent, tu te laisses couler entièrement sous l'eau jusqu'à la tête. Submergée...)

Hors de toute portée...

Alors en mon solo je repense au pianiste emprisonné, aux sons de liberté plaqués sur son piano dessiné au mur de toutes nos prisons ; je repense à sa dernière composition, *Un cercueil à la mer,* jouée une seule fois juste avant sa mort et disparue sans une cassette pour témoin ; et je repense aussi à son ultime adieu à son amour devant la mort, un graffiti de mots tremblés sur une feuille à l'hôpital par défaut de forces pour le piano, mon dernier souffle sans notes pour toi ce soir :

THERE IS KNOW END...

Ce n'est pas le moment de se désenchanter.

Sixième heure

6

Le Cyclone avait déjà rasé cannaies et banane-raies, sectionné à coups de tôle les arbres dont les racines résistaient, fracassé cases et villas, inondé HLM et lotissements, éclaté les baies vitrées trop hermétiques pour sauver les murs, dans une immense liquidation de branches et de meubles. Et la Mer rajoutait son sel, brisant les vitrines du littoral, démé-nageant les entrepôts, laminant les marinas, déradant les canots ivres et les œuvres mortes des yachts et des voiliers, arrachant au cimetière les ferrures crucifiées et les frêles parures de lambis des morts plus mal-heureux.

L'Ouragan sifflait son Viento Fuerte parmi les arbres enveloppés dans le torrent de la destruction. Des animaux avec tous leurs yeux aveugles de frayeur ; des armoires lâchant des chiffons comme des intestins et des miroirs

*dans lesquels se brisaient les visages de la catastrophe,
passaient dans les rafales, de même que des ustensiles de
cuisine et des meubles, s'immobilisant quand ils se fra-
cassaient sur le sol, mais pour un instant seulement, car
aussitôt le cyclone les soulevait, pour aller les jeter là où
les choses ne servent plus à rien, à travers un cimetière de
bananiers renversés, brisés...*

La réalité du désastre était si puissante qu'elle prenait des formes d'horreur que les pires souvenirs
seuls pouvaient susciter.

Les maisons culbutées, éventrées, les rues encombrées de débris de toutes sortes, les arbres réduits à
leurs troncs, le pays redevenait méconnaissable, hor-
rible, atroce, isolé. Toute l'île était dévastée, roussie,
avec une famine d'espoir et une épidémie de détresse
à l'horizon pour les survivants calfeutrés sous leurs
décombres, parmi les fers tordus, les poutres rompues, les toits arrachés, et les armoires déchiquetées,
tombeaux d'enfants écrasés sous leur protection.

*Telle une Légende de l'Île Dernière, à la sixième heure
de l'offensive du Cyclone : le Vent arrivait en soupirs
énormes, et faisait monter la plainte des flots grossissants,
comme si le rythme des eaux épousait celui des airs, et
que les vagues de la Mer répondaient à l'onde du Vent,*

un rouleau pour chaque bouffée, une lame pour chaque soupir. La Mer déchaînée était un paroxysme d'écume, le Vent décapitait les vagues et les lambeaux de nuages déchiquetés. Ce n'était plus un souffle, mais une Voix, qui traversait le monde de ses plaintes, poussait de vrais ululements, des cris de cauchemar : le Cyclone valsait ce soir avec le Raz de Marée pour partenaire…

La maison des Flamboyants commençait à osciller, glissant des solides soubassements sur lesquels elle reposait. Tel un bateau surpris par l'Ouragan à sa sixième heure dans le dédale des bayous, dérapant sur ses ancres, elle se tordait, volets arrachés, la véranda démolie, elle frissonnait, titubait, et, dans son martyre, donnait dangereusement de la bande autour de ses fondations. Rugissant le long de ses galeries et traversant les moindres fissures avec le sifflement et la force de la vapeur, le Cyclone fou furieux allait écraser de toute sa puissance le refuge d'une enfance noyée.

Le savait-elle, qu'une grande obscurité l'attendait, secouée comme si on lui avait mis, à elle aussi, l'Ouragan dans le corps ?

De minces nappes d'eau envahissaient le plancher. La Maison était ébranlée dans ses moindre fibres ; chaque poutre geignait. Une canonnade rapide et démesurée monta en salve contre la galerie de l'entrée.

Alors la Maison éleva un cri épouvantable, le cri rauque, hideux, indescriptible, de la terreur sans espoir, sans consolation, ni sursis possible. La charpente oscilla comme un berceau renversé et se balança en craquant de partout sous l'assaut d'une cataracte ruée. La vieille grande case s'éleva, virevolta, crépita et s'effondra en ruine, écrasée dans le creux béant du salon, tout son contenu éparpillé en miettes au-dehors par le tourbillon victorieux.

Dans un sanglot d'Enfant mais venu de si loin que l'on ne saurait plus que l'appeler silence ?

C'est alors que surgissant des halliers brisés, dans un désordre de tremblement de terre, avec tous ses yeux d'éclairs et de tonnerre, ses dents longueur de bambous acérés, sa queue énorme sept fois tournée autour de son corps, la Bête-à-Sept-Têtes se dressa autour de la Maison écrasée pour attendre la sortie de l'Enfant hors de son refuge éventré.

Le Manguier frémit, tentant d'interposer sa dernière branche maîtresse préservée. Il savait que c'était fini de battre cette fois pour l'Enfant si elle s'enfuyait par-devant face à la Bête. Celle-là ne faisait jamais grâce ; la dernière vie de ceux qui la rencontraient. Avec ses quatre pieds bien racinés : de Cyclone, de Séisme, de Déluge et d'Éruption. Avec ses sept têtes de Cheval-à-Diable, de Bœuf-à-Cornes, de Poisson-Armé, de Pierre-de-Taille, de Bon Dieu blanc, de Diable noir, et sa tête de Chien.

Et ce soir surtout, sans l'aide d'aucun autre enfant jumeau à la flûte magique pour pouvoir l'obliger à danser jusqu'à son épuisement.

Mais l'Enfant, elle, découvrait pour ce soir le merveilleux pouvoir de tendresse de la Mer. Lovée en son étreinte, sans respirer inutilement afin de bien suivre le rythme de son bercement d'écume, entrecoupé par des bruits terribles, à vingt mille lieues sous le Cyclone, tout son être visité de visions et de souvenirs mêlés d'étrange façon aux impressions de la tempête, et qui arrêtèrent plus d'une fois son cœur.

Car elle voyait à présent qu'elle n'avait pas su, dans les plus hauts moments du désir, plonger dans la crête de la Vague et passer à travers le fracas fabuleux du sang. Par peur de se mettre à fabriquer des sentiments attachés à des paroles sans raisons d'eaux profondes ?

La Maison savait que l'immense lame du fond de la Mer les avait toutes deux submergées. Elle était un

peu surprise que sa ruine puisse encore tenir lieu
de refuge à celle qui, retenue sous ses décombres,
n'avait pas été emportée. Elle fut étonnée cependant
de la sérénité de l'Enfant de la haute mer en la voyant
tracer avec application sur son cahier d'écriture certaines phrases surgies avec insistance du souvenir de
la terre ferme d'avant leur écrasement :

— *On voyait le sillage et nullement la barque, parce
que le bonheur avait passé par là.*
— *J'ai vu l'incendie, il a failli m'éteindre...*
— *Mais vous cesserez de pleurer par souci des paupières...*
— *J'ai cru entendre un bruit, mais c'était le bruit de
la mer...*

Alors, la Maison, qui comprenait maintenant certaines choses, ne s'étonna pas de la voir poser dans la
boîte aux lettres préservée sous une poutre noyée une
page arrachée au cahier où elle donnait des nouvelles
de la Maison et d'elle-même, mais sans embrasser
personne, ni père ni mère, en la terminant.

*Comme sous la dictée d'une invisible maîtresse, ou
peut-être à la façon des navigateurs en perdition qui
livrent aux flots leur dernier message dans une bouteille
désespérée ?*

C'est alors qu'émergea, en pleine mer, une Femme Morte avec un enfant en vie. La Morte était accrochée avec une poigne incroyable à une table en dérive, avec la seule énergie capable de résister à la mort : la vaillance désespérée de l'amour. Et son sacrifice n'avait pas été vain, car la petite conchita, attachée au corps de sa mère par une écharpe de soie, avait survécu, et elle trouvait encore la force de gémir sa prière marine, malgré l'emprise du Raz de Marée qui ne voulait pas lâcher ses proies :

Enfonce-toi dans la Mer pour apprendre à prier le Créateur du Ciel et de la Terre (mais alors, qui donc a fait la mer?).

parce que, la Mer, selon l'Oublieuse Mémoire, c'est tout ce qui nous a quittés sans rien nous dire de son secret

la Mer, c'est ce qui a voulu prendre la parole et n'a pas trouvé les mots qu'il fallait

la Mer, c'est ce qui est devenu écume pour ne pas mourir tout à fait…

– Mais alors, qui donc a fait la mer? demanda l'Enfant.

Par défaut de réponse, elle sentit monter en tout leur corps intime les muscles d'une pirogue sur sa mère démontée. Elle qui pourtant avait perdu toute mémoire originelle de l'acte d'amour d'un homme et d'une femme initiant un pays natal sous son berceau, elle avança par escalades et retombées sur le flot pulvérisé, elle se cabra sous l'assaut de la lame, forçant l'eau par vingt fois du labeur de sa pagaie, déviant un avenir fracassé d'échouages hétéroclites, frémissant sur l'échine de la vague, labourant la mer stérile de sa nage obstinée, émergeant d'une dernière caresse rude de la pagaie, sans respirer jusqu'à la bonne nouvelle d'un cœur d'Enfant né sur le sable au bout de ce petit matin.

Survivant du naufrage d'un enfer de débris, de flaques perdues, de parfums errants, d'ouragans échoués, de coques démâtées, de vieilles plaies, d'os pourris, de volcans enchaînés, de morts mal racinés ?

Alors la Maison écrasée respira une dernière fois et abattit ses restes en ultime arche de vie autour du petit cœur survivant de son déluge afin de l'entourer en son dernier embrassement.

Aurait-elle voulu avoir montré à l'Enfant des poissons d'or et des poissons chantants, des écumes de fleurs sous les cheveux des anses ? L'emmener en bateau afin d'illuminer de merveilleuses images l'idée du déluge en allé, ivre après sa fin du monde ?

Seulement la Maison éventrée, sombrée, force et
sentiments trop las sous les marées, savait qu'elle ne
pourrait plus jamais accompagner l'Enfant, ses vues,
ses souffles, son corps, son jour et surtout ses questions :

— *Comment agit la fleur pour devenir fruit qui change
et redevient l'arbre qui avait fleuri ?*
— *Les racines recherchent-elles sous la terre ce que les
branches cherchent dans les airs ?*

La Morte avait gardé la force d'édifier en son for
intérieur un vrai bateau pour l'Enfant. Contre leur
dérive, elle déroula son placenta au fond de la haute
mer pour ancrer le rêve de survie d'une petite fille :
elle construisit une rue flottante au-dessus du gouffre
de six mille mètres, avec un jardin d'eau marine fleuri
de poissons volants. Elle rouvrit son ventre bien
agrandi sous l'eau pour offrir une terre ferme à l'Enfant, et elle le meubla avec un vieux piano, un bracelet, un cartable enfermant un cahier d'écriture et
un livre contre la solitude, une photographie et une
glace pour qu'elle voie passer le temps. Sans oublier
un goûter quotidien de bonnes crêpes de maïs, avec
une communion de chaud-d'eau et de gâteau fouetté.
Elle conduisit un sillage d'écume sur la Mer tran-
quillisée ; et à la fin du chemin d'eau, elle débarqua
l'Enfant sur une grande plage, ramassa sur le sable

un bijou d'ébène éclairé par deux phares de voiture, elle le lui passa en bracelet au poignet pour servir de bouée au cas où l'île se noierait, puis elle repartit vers le large, seule, son ventre pris au lasso des laminaires qui l'écartelaient une fois encore à grands coups de fouets salés, mais son corps profond toujours visible pour sa fille au-dessus de l'eau.

Elle avait même veillé à ce que l'Enfant, avec l'aide du Poisson-Bleu, puisse trouver chaque jour une calebasse d'eau claire tirée du bord de mer salée. Ainsi, malgré son absence, l'enfant de la terre et du ciel étoilé, desséchée par la soif d'eau morte de l'oubli, pourrait cueillir l'eau fraîche écoulée du marais de Mémoire.

L'Enfant entreprit alors de relacer ses chaussures, avec un peu de difficulté à cause de la fatigue et des lacets trempés, afin de se laisser voguer au gré d'une marelle de ciel et terre sous l'eau qu'elle s'était remémorée : un jeu d'eau à défaut des idées à voile déployée qu'elle avait repliées en son cerveau, craignant de laisser dépasser ses précédentes visions en œuvres mortes à la merci de l'Ouragan primordial.

— Attends un peu que je finisse ma cigarette ! s'écria-t-elle sans s'adresser à personne.
Elle s'était permis en effet naïvement d'imaginer

cette transgression de feu en pensant forcer quelque peu la main à une rencontre qu'elle aurait attendue au croisement de l'une ou l'autre des cases de la marelle, pour ne pas rester toute la nuit sur sa soif.

Mais, en sautant un pas de plus, elle rencontra par extraordinaire la lueur vacillante d'une bougie. Dans un réflexe oublié, elle replia en creux sa main gauche devant la flamme pour la protéger du vent, et illumina de sa lueur noire les visages innocents de deux enfants assassinés de toute éternité. Le premier lui déclara avoir été condamné à mort à dix ans parce qu'il était censé savoir par le catéchisme la différence entre le bien et le mal. Et le second l'avait rejoint par la marée noire du Mississippi, pendu un jour comme un fruit vert aux bras de tortionnaires béguetant avant l'arrivée de la justice de l'ouragan. Ils jouaient depuis ces temps sur leur marelle à redessiner pas à pas un Ciel et une Terre différents du Ciel et de la Terre mal finis que le Créateur avait créés. Ils lui dirent en l'embrassant : Le temps enterre les morts mais garde ses clés pour les rêves, l'espoir et le jeu des enfants…

– Mais alors, qui donc refera la mer ? se demanda l'Enfant.

Mais il n'y avait plus de mots disponibles pour lui dire qu'en fin de compte il y avait quand même eu une ren-

*contre, même si elle ne pouvait durer que cet instant terri-
blement doux où le mieux, sans aucun doute, eût été de se
pencher un tout petit peu plus au-dehors et de se laisser
aller, plouf! fini?*

Aussi, elle recueillit leur baiser d'adieu sans plus
de tentation de les revoir entre deux eaux, et elle retint
encore son souffle, afin de soutenir, au coin de la
bouche, un arrière-goût de mégot sentant la nostalgie
de l'aube.

    *— As-tu pénétré jusqu'aux sources marines, circulé au
fond de l'abîme?*
    *— Les portes de la mort te furent-elles montrées? As-tu
vu les portiers du pays de l'Ombre?*

Mais l'Enfant, déjà entraînée plus au loin, ne
pouvait plus écouter leurs questions. Poursuivant le
gré des vagues, elle se retrouva déambulant sous la
longue promenade d'un Malecón totalement désert
en raison des lames furieuses qui jouaient à décapiter
la jetée pour se venger de ses avancées. Elle aperçut
deux enfants sur le quai se promenant cœur à cœur
sans la voir au-dessous. Ils s'aimaient à la surface très
intensément au point d'avoir fait ce soir une école
buissonnière malgré la violence du Vent sur la jetée
qui ne laissait même pas passer leur respiration.
Et tout à coup, elle vit surgir un troisième enfant

plus grand que les deux autres, qui entraîna d'un seul mot l'un d'entre eux avec lui, décapitant le premier amour en éclats d'archipel, interposant entre l'un et les deux le labyrinthe des nuages noirs comme des serments perdus entre deux amours, à revoir avec adieu.

Aussi l'enfant-amoureux sur le sable laissa l'écume submerger son brise-l'âme, et une vague de fond lui entrer en plein cœur par les yeux.

Persuadé que, lasse de styliser le littoral, elle le perdrait enfin dans une aventure plus risquée ?

Alors l'Enfant, qui s'était un instant sentie aspirée jusqu'à cette autre solitude, s'aperçut que celle-ci malgré elle s'était laissée couler, sans même un mot ni un seul arbre ou une île déserte pour sa retenue.

La réalité de l'imagination était si puissante qu'elle prenait des formes d'horreur que seul le désastre pouvait susciter.

Un goût de cendres vola dans l'air, et dans son monde souterrainement réduit à une plage sans d'autre enfant fidèle pour ses deux yeux étonnés, l'Enfant fit apparaître un Vieillard seul, calme et beau.

Prévenu du déluge par les Dieux particuliers de sa Création, il avait fait construire par tous les hommes de son peuple un Canot extraordinaire, de la dimension de toute une île, impossible à faire flotter, sauf le jour du déchaînement terrible des éléments, mais tous étaient déjà depuis longtemps repartis incrédules, chacun pour soi avec le salaire de sa peine dans sa demeure et sa séparation.

Ils refusèrent de s'unir pour maîtriser la Bête Chacun se couvrit d'armes ne songea qu'à sa tête ne défendit que les siens Malheur aux désunis des grands soirs d'hivernage La Bête chargeant les dispersa comme feuilles mortes et extraits d'arbres et roches brisées disloquant tout barrage en pluie de calamités La terre monta au ciel le ciel tomba sur elle Tout s'embrasa s'éteignit devint cendres Rien n'échappa Tout cessa de vivre Tout périt…
La Loi de leur jungle remplacée par la Loi des poissons.

Seul le Vieillard survécut, réfugié au creux fertile d'une larme géante entre deux eaux.

Éclairée par le reflet marin de la pleine lune, l'Enfant se dirigea vers le Vieillard-presque-Seul qui lui avait fait signe de le rejoindre sur le toit de son immense Canot absurdement désert de tant d'hommes nécessaires en plein cyclone à sa barre, ses cordages, sa cale et sa boussole.

Alors quelque chose qui était fait de végétation, d'arbres, de terre, de branches et de fleurs, se mit à marcher. C'était un tumulte terrifiant de bonds, d'envols, de rampements, de galops, de bousculades en direction de l'énorme Canot. Le sol pullula des entrelacements des reptiles aquatiques et terrestres. Une masse de rugissements, de mugissements, de coups de griffe, de trompes, de museaux, de cabrioles, de cabrements, de coups de cornes ; une masse terrifiante, pressée, qui emportait tout sur son passage, se glissa dans l'embarcation impossible recouverte par les oiseaux qui y entraient à tire-d'aile, au milieu de cornes et de bois et de pattes dressées. Jusqu'au final du compte avec l'arrivée des tortues.

L'énorme Canot ainsi devenu Ile émergea au plein cœur de l'ouragan, secoué par le déluge, ballotté par le ciel, mais bien lesté de quille par le secours du Poisson-Rémora et du Poisson-Matsya, et bien ancré d'amarres solidement retenues par le fond de la mer. Depuis la hauteur de leur toit, le Vieillard-presque-Aveugle désigna au lointain à l'Enfant blottie dans son giron six autres bateaux en lutte ancrés à l'horizon, aussi immenses que le leur, en lui expliquant que leurs occupants (les six Vieillards Kaïdara, Noé, Amaliwak, Ea, Sin et Deucalion, invisibles de loin) avaient sans doute été avisés, comme lui, du déluge annoncé par d'autres Dieux responsables de leurs peuples particuliers. Ils formaient à eux tous un véritable archipel rescapé en pleine mer de la Guerre du Temps des Continents perdus.

— Où donc sommes-nous ancrés ? lui demanda l'Enfant.

— Le destin d'être ensemble nous cherche une place. Tu sauras où quand tu sauras que tu ne sais pas.

Alors l'Enfant lui reposa sa question sur l'origine de la mer, car elle savait que des vérités sortaient toujours du bouche à oreille d'un vieillard à un enfant.

Le Vieillard-presque-Fou lui répondit que Dieu créa le Ciel, mais le Ciel n'avait pas de soutien, et ainsi sous le Ciel il créa l'Homme. Mais l'Homme n'avait pas de soutien, alors sous les pieds de l'Homme il créa la Terre. Mais la Terre n'avait pas de soutien, alors sous la Terre il créa le Feu avec des milliers d'yeux, par exemple de lucioles et de volcans. Mais le Feu n'avait pas de soutien, alors sous le Feu il se créa la Mer...

— Mais alors, qui donc soutient la mer ? lui demanda l'Enfant.

Et le Vieillard-presque-Muet lui répondit qu'il ne pouvait le lui apprendre, car avec la Mer avaient été créées l'Obscurité et la Limite des Questions.

Puis il se tut définitivement. L'Enfant avait appris que, quand un être est dans le silence et qu'on veut écouter sa voix, il ne faut pas lui demander de dire les raisons de son silence.

Alors, à défaut de questions, elle pensa lui demander de raconter une histoire-qu'il-aurait-oubliée, ou de continuer pour elle le récit de l'histoire-qui-ne-finira-jamais. Mais le Vieillard-presque-Ancêtre lui prit le cahier d'écolière qu'elle avait conservé sous son bras et lui traça ses mots d'adieu avec une écriture tremblée de grand-mère sous pluie et vent :

La vie est une mer sans escale, et les hommes sont des navires sans destination. J'ai transporté ma case à l'orient et je l'ai transportée à l'occident, les vents d'est, du nord, les tempêtes m'ont assailli et les averses m'ont délavé, mais je reste sur mes deux pieds, et je sais que l'homme n'est pas une statue de sel que dissolvent les pluies.

L'Enfant retrouvée seule se sentit renaître toute grande sous l'horizon comme un Ti-Jean. Tout s'était passé très vite comme pour l'initiation d'une femme par l'enfant qu'elle avait été.

— Qui donc a redéfait la mer ? se demanda l'Enfant.

Mais il n'y avait plus personne pour lui faire savoir que la Mer était la seule création qui se prenait pour le Créateur.

Alors une vague vint la chercher qui s'était toujours tenue à quelque distance, dans une visible réserve. Elle l'emmena non loin de là, sans mot dire, et comme par la main. Après s'être agenouillée devant elle à la manière des vagues, et avec le plus grand respect, elle l'enroula au fond d'elle-même, la garda un long moment en tâchant de la confisquer, avec la complicité de la mort. Et l'Enfant s'empêchait de respirer pour seconder la vague dans son grave projet.

Enfin, voyant que rien n'y faisait, qu'elle ne parviendrait pas à lui donner sa mort, la vague ramena l'Enfant chez elle dans un immense murmure de larmes et d'excuses.

Une voiture blanche, une belle et ancienne Traction-Avant, qui stationnait sous l'eau dans le rêve de son attente, accompagna sa remontée, un cheval de mer attelé à ses roues, toutes les vagues de l'eau reposées sur le dos du Vent.

A la fin de la sixième heure de la nuit, après un dernier effort pour accrocher l'Enfant à sa queue d'arc-en-ciel, la Bête-à-Sept-Têtes s'écroula morte sur la Maison écrasée près du Manguier d'enfance mutilé, épuisée de sa danse du vent dans un énorme vomissement de tous les enfants du pays qu'elle avait avalés depuis toujours, et qui attendaient pour leur délivrance que la Bête-des-Quatre-Maux soit charmée à mort par un être assez généreux pour porter deux cœurs dans son seul corps. Les sept têtes de la Fécondité infinie, vaincues par une fécondité finie.

Alors la Femme à cœur de mer s'en retourna reprendre sa garde au séjour de toutes les profondeurs, dans toute l'élégance de son dépouillement, avec un surcroît de confiance dans la puissance du temps qui ne passe pas, sentinelle vigilante contre certaines choses de là-haut, surtout les bonheurs trop longs à porter et les malheurs sensibles au vertige de la mer.

Septième heure

7

Une trace
de page
nue
aborde
le rivage

une main
déshabillée
crayonne
la plage…

Par le rêve, l'avenir aveuglé indique son chemin.
Parmi nous.

Nous : pronom aveugle impersonnel, parmi nous :
Toi et nous. Elle et moi. Toi et lui et moi. Toi et nous
deux encore. Nous sans vous. Nous sans toi. Toi sans
nous ?…

Pour l'heure, pour notre septième heure, nous :
c'est toi *et* moi. A la fin, ce sera toi *ou* moi.

Le cyclone est parti. L'angoisse poursuit sa route caraïbe, détour de Gorée vers Haïti, du point de départ au point de désespoir.

Marie-Gabriel, il faut nous retrouver, car il nous faut finir, sans réveil de roman, ni sortie théâtrale, ni sommeil romantique, agonie d'héroïne.

Ta fin est certaine. Mais comme à la dixième nuit, choisis seulement de quelle sorte tu veux que je te fasse finir.

Femme entre les femmes humaine, tu as fécondé toi-même la parole du médiateur, une messagère s'est incarnée à côté du messager, le message entre les deux.

Au matin de cette nuit, il nous faut nous trouver dos à dos. Je et Tu plus jamais en Nous. Je vais te quitter. Tu vas me laisser te quitter. Je vais te laisser me laisser te quitter. Et Vous, vous allez nous laisser la laisser me quitter. Pour ne plus rien savoir de l'un, ne plus rien savoir de l'autre. Comme d'autres, par névralgie de souvenirs : *nous ne savons plus rien de l'un plus rien de l'autre, si ce n'est ce grand désir que nous avons de ne plus rien savoir de l'un de l'autre.* Tout délier, tout dénouer. Pour toi et moi.

La septième heure est toujours une heure difficile. Après ce long désastre du cyclone annoncé.

J'ai bien tout préparé pour toi. Je te guide, je te quitte, je te guide vers mon abandon. Avec ta couleur et avec ton nom.

Tu trouveras ton nouveau nom secret. Éveil d'oasis, noria ? Et tu n'oublieras pas aussi un nom de faveur, et un nom de fureur.

Ta couleur ? Je ne l'ai jamais dite, quel grain de peau sur ta chair noire. Je n'ai pas cette acuité de ceux qui savent jauger d'un coup d'œil de maître créole le dosage des quartiers d'une peau-sauvée blanchie, ou perdue de soleil brûlée.

Ton adresse, il faudra la changer. Des Flamboyants rasés, il ne restera que la dalle, une marelle géante au tracé des pièces disparues, offerte aux lavalasses des quatre horizons.

Pour ton jardin, je te laisse le corps nu de ton manguier, plus branchu ni feuillu, mais avec sa force d'arbre brise-hache, sa fidélité au placenta enfoui de ta mère Siméa, la mémoire de son giron protecteur de ton adolescence, la déhiscence fertile de ses floraisons. Et avant ta disparition, sa dernière parole brisée, le cri de mandragore de ses branches tombées pendant que tu fermais les yeux et les oreilles, te reprochant d'avoir pesé trop lourd sur leur feuillage avec tes sentiments :

Pourquoi, avec tes enchantements, m'as-tu arraché à la tranquillité de ma première vie ? Le soleil et la lune brillaient pour moi sans artifice, je m'éveillais parmi de paisibles pensées, et au matin je repliais mes feuilles… Je ne voyais rien de mal car je n'avais pas d'yeux, je n'écoutais rien de mal car je n'avais pas d'oreilles…

Ton pays, il va falloir le reconnaître, au milieu des signes de mort qui rôdent partout où avance la vraie vie sur les décombres des nuits. Nous savons depuis toujours ramasser des injures pour en faire des diamants.

Je te quitte avec un pays dévasté, mais un pays retrouvé : île battue, île combattue, très belle, et bâtie. Habituée à édifier dès le lendemain du cyclone, à rebâtir sans attendre les surlendemains d'arrivée du prochain. Ton île de ramages et de plumages souvent perdus, de rivages ravis, de membres lacérés, où les oiseaux exigent des hommes malgré tout un souci de beauté en faisant le compte de leurs plumes dispersées, en colorant l'harmonie métisse avec la septième couleur de l'arc-en-ciel.

Je te laisse un pays que pour atteindre il faut savoir voler. Je te laisse un pays d'enfants nés tout grands par manque de temps pour l'innocence nue, d'enfants sans origine par manque d'espace pour trier les couleurs.

Je te laisse, toi l'imaginée, en compagnie d'un peuple qui a l'air d'une apparence, d'un mirage, d'une magie, d'un miracle au mieux, masques de son vouloir obscur.

Je te laisse un pays sans famine autre que la faim d'une vie plus chère que le pain quotidien, sans épidémie autre que le cancer de l'âme d'hommes malades dans leurs corps sains.

Je te laisse l'écoute du message de ta chair sous le beau masque de ta peau noire : *Tu vas te découvrir dans un monde où les mots se frangent de silence, ta vie prise au lasso de l'existence. Tu devras te rappeler à tout instant que le véritable saut consiste à introduire l'invention dans l'existence. Tu n'es pas esclave de l'esclavage. La densité de l'histoire ne détermine aucun de tes actes. Libérée du tremplin que représente la résistance d'autrui, et creusant dans ta chair pour se trouver un sens, pourquoi tout simplement ne pas essayer de toucher l'autre, de sentir l'autre, de te révéler l'autre où qu'il se trouve ?*

Je te laisse enfin une clé de notre paradis, portée sur un air de guitare afro-cubain :

> *Le digo al amanecer*
> *que venga pasito a paso*
> *con su vestido de raso*
> *acabado de coser…*

Oui, déjà l'aube se relève, avec une robe neuve satinée de soleil, repassée petit à petit des chiffonnages de la nuit.

> *Cualquier fin es el pavo*
> *tocado por la cabeza*
> *pero ya de nuevo empieza*
> *a madurar por el rabo...*

Toute fin est celle du paon : abattu par la tête, mais qui déjà commence, par la queue, sa renaissance.

Tu vois, il faut bien encore que tu repasses le conte des plumes dispersées, plus belles que cette nuit passée. Je te laisse avec l'amour déclaré d'autres amours perdues. Ton prénom proféré six heures d'ancrage et de dérive par d'autres prénoms, prénoms de femmes d'enfants et de mères de filles, de femme-solo, de femme-piano, de femme-saxo, de femme-chantante, de femme-dansante, de femme-sœur ; de femme en nu-pieds, en chaussures ôtées, pieds nus dès que possible : avant l'heure, sous la table, sur la plage, au pied du lit ; de femme dressée sur un corps frère, de femme embrassée par une bouche assez grande pour réunir les pointes dressées de ses deux seins, de femme caressée par le cheminement d'un baiser de lèvres d'en haut en lèvres d'en bas, de femme nue accueillante aux brûlures et aux douceurs, corps posé sur un cœur battant. Fruit assez mûr pour accueillir.

Et puis, un jour, sur le chemin fidèle à l'amour, je me retrouverai, tu te retrouveras, nous nous retrouverons, nous nous reconnaîtrons, peut-être chacun avec un autre prénom.

A l'origine, je t'ai rêvée, puis je t'ai inventée. Puis tu m'as invitée. En toi, en ton cahier. J'ai cru prévoir ce que tu voyais. Souris à construire elle-même le labyrinthe de sa sortie.

J'ai dessiné tes contours que j'ai rêvé d'étreindre. J'ai suivi avec mon encre le tracé de tes blessures et de ton épanouissement, mon soufre et ton miel ont répandu sur nos sexes la sueur des sentiments, nos salives et nos saveurs.

Chacun a fait à l'autre le cadeau de sa solitude.

Nous avons descellé mes sources, entrouvert tes jardins, communié en paroles de mémoire et de prédiction. Des pluies de fleurs vives ou fanées ont battu la mesure de nos connivences et nos séparations.

Nous avons mêlé l'abandon extrême à la lucidité. Du rêve jusqu'au réveil. Sans souci de possession. L'épilogue du roman d'amour nous fait le cadeau précieux d'une solitude mieux épanouie.

Mais nous ne sommes pas non plus rien que nous deux, avec nos solitudes bien entourées. Toutes les autres présences auraient-elles une seule bonne raison d'avoir été absentes ce soir ? Tu entrouvres la bouche. Ton sang transpire des caillots de silence. Pourquoi n'as-tu jamais crié ? Le temps va finir par alourdir tes seins si fermes et pleins de ta réserve. Puisque tu as eu peur, tu dois savoir maintenant où est ton courage. Sois à nu. Sois du bond. Sois d'élan. Sois danse. Mais exige de chacun une nouvelle présence de fraîcheur à réchauffer le cœur.

Pour nous deux, préservons la mémoire, mais laissons-la improviser.

Mais toi, tu voudras encore sauver un instant d'écoute pour déclarer avant la fin que tu n'as pas été seule pendant cette nuit d'horreur solitaire, que tu n'as pas triché quand tu disais : *nous*.

Nous, pour toi, ce pourrait être : toi avec ton enfant en toi. Et cette nuit pourrait être celle des douleurs bleues de ton premier accouchement. Tu me rappelles : *La mort malgré toi t'aurait ratée, et tu aurais senti passer l'enfant dans un bruit de ferraille et de vapeurs d'alcool, une illumination dans ta saison d'enfer. Étendue sur un matelas sans sommier, des serpillières par terre pour l'hémorragie, une colonie de laminaires lapidant ton corps malgré ton horreur des algues quand tu nages, une mauvaise chaleur sur ton ventre salé, un oursin éventrant ton vagin, le poisson armé dans la gorge du colibri. Impossible de t'évanouir, tu n'es plus seule dans ta mer inféconde : une nouvelle vie résiste à la nuit de ton corps engourdi, vacille, insiste, s'affole, souffle, se délivre, s'étoile enfin pour éclairer ta vie.*

En paroles accouchées, je t'aurais opéré cette nuit de l'enfant ? Mais moi je t'ai seulement accompagnée jusqu'à cette septième heure à la porte du Ciel des Fécondations. Dans l'ordonnance des sept cieux, c'est la sixième heure amérindienne qui portait en songe les renaissances du grand sommeil. Qu'as-tu fait de ton sixième ciel ? Le septième est difficile, ne compte pas sur moi pour trafiquer en fin heureuse d'imaginaires fécondations.

Tous mes tambours t'ont protégé du vent. Ferme tes yeux sur la vérité. Toute naissance commence d'abord par une mort au ventre. Si renaissance il y a, tu porteras toi-même à ton tour le placenta à enfouir sous le manguier.

L'exil s'en va ainsi aux espaces fertiles des enfances remuées.

Ensuite, tu pourras te mourir, c'est-à-dire rendre la Clé et le Miroir.

Mourir à nous pour une nouvelle naissance, celle où l'on n'accuse personne de sa vie retrouvée.

Seulement je sais aussi que, pour imaginer renaître de la mort, tu n'as jamais eu confiance que dans le feu.

Alors pour mieux rester encore en notre vie, tu vas

me demander de te laisser attendre de disparaître brûlée, calcinée, incinérée. *Comme la princesse et le génie réduits en cendres à la cinquante-deuxième nuit.* Et tu vas plaider ton sursis avec l'histoire d'amour du poète et de sa femme brûlée vive dans sa chemise de soie, fuyant vers la fenêtre où l'attendait le grand vent pour attiser sa flamme.

Pendant des semaines d'hôpital, le poète l'a réchauffée de sa tendresse, lui priant jusqu'au ciel sans rencontrer de dieux, elle souffrant un enfer sans rencontrer un vrai démon, défenestrée d'elle-même cherchant comment rentrer, remontant deux à deux le fleuve de vie jusqu'à la guérison, sa peau retissée patiemment en un mois sur le cannage de la chair nue. Mais brusquement, l'air du sang a jeté son caillot obstructeur sur le cœur affaibli par l'air du feu. La nouvelle aurore n'a plus trouvé de place. Il a bien fallu se tourner vers la mort. On n'a pas eu le temps de dire au revoir.

Non, il ne doit pas te suffire à toi d'une mort pour t'enlever ton amour.

Les années ont été pour nous, pas contre nous.

Qui sait si en ce moment même tu n'attends pas que je comprenne enfin, et que je vienne, loin de la vie où tu n'es plus, me joindre à toi, pauvrement, pauvrement certes, sans moyens, mais nous deux encore, nous deux…

Le vent nous a pris aux mots, mais c'est un déluge qui t'a recouverte. Un soir de cyclone, il est impossible de rêver d'incendie. L'air de l'eau n'a pas su jouer ce soir, comme l'air du feu pour l'autre, jamais abandonnée par la force des mots de son amour.

Maintenant te reste à connaître l'autre, la vraie sans secours, sans appui. Là, infime, comme tu es, flocon, annulant tes mauvais restes. Vers ta nouvelle naissance, ton trajet.

Je n'ai rien pu faire moi non plus ce soir. J'avais prévu comme toi un éclat de mort en plein cœur de ton volcan ou d'un avion en feu. Mais je ne peux rien contre ce déluge noyé, ce sommeil marin, une agonie d'héroïne fidèle au destin du Poisson-Bleu.

Avec une mort de feu, j'aurais pu éclater ta mémoire jusqu'à la Soufrière, à hauteur des esclaves abolis, Ignace, Delgrès, Toussaint, phénix marronneurs du soufre de 1802 : *A l'univers tout entier le dernier cri de l'innocence et du désespoir…*

Avec une mort de feu, j'aurais pu t'accompagner plus longtemps. Je t'aurais entourée avec des mots de passion chaude et de soleil. Je t'aurais entourée d'enfants de la Mère-Caraïbe, tous dévolus à Icare, descendants comme lui d'une femme esclave marronnant un Dédale, ses ailes brûlées retombées fertiles en poussière d'Antilles pour fonder notre archipel.

Et puis, tu aurais prolongé mon dernier serrement d'une nostalgie afro-cubaine pour cette nuit de ta veillée. Et tu m'aurais chuchoté : Ne m'appelle pas, puisque je viens déjà, nos deux astres se sont croisés. Je fus ici, si tu y restes : cela ne peut pas être que je ne serai plus.

Sur un air de guitare par une fenêtre ouverte du Paradiso :

> *No lo llamo, porque él viene*
> *como dos astros cruzados...*
> *Yo estuve, pero él estará,*
> *no puede ser, no estoy muerto...*

A défaut de me demander du feu, tu vas me dire : Pourquoi n'emploies-tu pas ton art à empêcher la mort, puisqu'il te sert aussi à créer des vivants ? Et je te répondrai que je suis messager et non pas magicien. Et que même les magiciens des cirques n'ont jamais pu tirer vivants des entrailles des morts que des colombes et des foulards multicolores pour les adieux.

Les yeux du volcan n'auront pas su te prolonger d'une vie et demie...

Alors tu vas, en ultime message pour différer ta mort cette nuit, répandre le long tracé de tes pages d'écriture, *L'Isolé Soleil* remontant de tes racines de sang, de boue, de lave, de salive et de sel réinventées. *Les mots ne sont pas du vent. Les mots sont des feuilles envolées au risque de leur verdure, vers les récoltes camouflées au fond du silence et de la mer…*

Antillaise Shéhérazade, tu vas vouloir émerger de la noyade avec une lettre d'amour à l'adresse de l'île des rescapés fidèles, comme à la fin de la septième nuit. En me rappelant que rien ne sert de mourir, est-ce que la mer se noie ? Tu vas donner ta parole à tes ancêtres jumeaux pour mieux faire pénétrer tes mots avec leur écho dans les oreilles bouchées :

J'aurais tant voulu t'embrasser avec une lettre pleine de mots doux et frais, pour apaiser l'éclat de tes yeux à l'affût, mais nous sommes encore à l'heure où notre histoire ne connaît pour finir qu'un destin de cyclone. Ton absence va me peser comme si j'avais perdu un peu ma voix et ma vision, en te laissant mon cœur. Je n'ai plus pour ta confidence que ces rares paroles de papier, sans bouche ni oreilles, qui à mesure qu'elles remplissent la page, exaspèrent mon désir au lieu de le combler.

Tu as choisi d'habiter les arbres et le volcan ? Moi, j'ai préféré l'eau et le rivage. Sais-tu combien il faut de temps pour façonner sous l'eau des rivières la pierre précieuse de notre liberté ? La misère est ancienne, mais les années de rouille sauront user les plus lourdes chaînes. J'ai choisi d'être un enfant du temps, de l'eau et de la nuit. Partout et toujours, le destin de l'eau est de couler à l'endroit le plus bas. J'accompagne la modestie des sources, la patience des puits, la colère des crues, et la fin dans la mer.

Ton soleil est l'ennemi du temps, parce qu'il n'a chaque fois qu'une journée pour refaire ou défaire le monde. Et il échappe au fond des eaux, aux forêts profondes et à la pesanteur. C'est pourquoi il lui faut respirer l'espace du désert et la hauteur des volcans.

Le désir fera ouvrir nos bouches pour continuer l'histoire à livre fermé, au rythme des tambours de nos veillées, avec le jeu pour liaison, l'amour présent, la faim d'avenir, la peur à dépasser. Pas de dénouement, surtout pas de fin, encore de la soif.

Pour moi, je t'avais déjà répondu par avance que je préfère la soif à l'eau, et que j'admirais ceux qui, comme toi, suivent leur source avec assez de confiance en elle et en eux pour ne pas l'abandonner avant la mer.

Morte ou vive, tes mots me donnent des raisons d'accepter la douleur de la séparation, afin de poursuivre ailleurs chacun notre dialogue d'eau et de feu.

Sous le soleil de minuit de la lampe, la route s'arrête avec les pas du pèlerin.

Pour toi-même et sans moi, tu t'en vas rebâtir ton être, ton arbre, ta maison, les poteaux d'angle de ton pays. Et de même pour moi sans toi.

La septième heure avance vers notre fin. Tu sais que, depuis le début de tout, deux vieillards tressent pour chacun la durée de nos jours. L'un tresse une corde blanche à faire lever le jour, l'autre une corde noire à prolonger la nuit. Mais la nuit noire a touché sa limite. Le soleil se lève pour éclairer le désastre. Nous devons nous abandonner.

Déjà, sur ton existence qui se brume en mes yeux (ton premier homme devenu l'étranger), je ne me donne plus droit aux phrases souvenirs de début et de fin : *Aujourd'hui Marie-Gabriel est morte. Ou peut-être hier, je ne sais pas… Et lui aussi, plus qu'elle peut-être, puisque né sur une terre sans aïeux et sans mémoire, une pure passion de vivre affrontée à une mort totale…*

Nous n'avons pas non plus à l'aube le refuge des contes pour ralentir nos réveils. Pas de *cric!* pas de *crac!* Pas de : *Est-ce que la cour dort?* Inutile d'interroger : cette nuit, la cour solidaire ne s'est pas endormie. A cette heure, ce n'est plus la place des contes dans une histoire d'île étroite comme un vase scellé de plomb, emprisonnée par deux mers pour avoir refusé quatre siècles la soumission à l'injustice des dieux du continent. Il y faudra la millième heure d'une huitième nuit pour imaginer sa délivrance avec une pêche miraculeuse de poissons aux quatre couleurs.

Alors, un beau jour, l'aurore ôtera au mal sa lumière.

Pour la suite, je te laisse la clé et le miroir. Finalement.

N'aie pas peur de disparaître ou de renaître par d'autres voix. Nos soifs aiment la vie au-delà de nos propres vies. Purs sangs mêlés. A la mesure du cyclone ou du volcan. Un désir de vivre toute la vie qui s'écrit, une vibration de chair, un élan nu qui remonte le corps de l'estomac au cœur, un tracé de soleil qui éclaire tous les sentiers de l'être, de l'île, plaines, plages, pleines pages, nues, plurielles, comblées, pieds nus, entre les draps défaits de l'île bouleversée.

Tu vois, toi et moi, nous allons nous déshabiller de phrases.

Si tu existes, repars à ta recherche
tu sais te réveiller, même sans avoir dormi
ne déménage pas l'espoir vers un enfer sucré
le refuge facile des rêves d'à côté
laisse passer
l'angoisse des portes fermées des portes ouvertes
les pages blanches qui empêchent de respirer les
    mots
laisse couler
la tendresse sans domicile fixe sur les étapes du
    corps
la mer tombée du ciel
accouche la confiance, fille du doute et de croyance
et rien n'aura jamais été perdu.

... L'écroulement de la toiture avait à moitié rasé l'arrière de la maison. Alertée par les énormes craquements de la charpente, elle avait précipité ses gestes de survie. Enfouir un résidu de choses précieuses dans son petit sac à dos. Passer trois T-shirts l'un sur l'autre, un jean et son ciré, pieds nus, la tête protégée par un vieux casque. L'eau s'étant infiltrée en force dans son refuge, elle eut grand mal à ouvrir la porte coincée par le bois trop gonflé. Elle traversa le couloir en rampant, arc-boutée contre les rafales de vent qui l'empêchaient de respirer. Elle se glissa dans la cuisine dont deux murs tenaient toujours, et se réfugia sous le potin en ciment, dans le renfoncement prévu pour les deux bonbonnes de gaz qu'elle tira contre elle pour s'en faire une protection.

Recroquevillée dans son recoin, trempée, transie, elle observait les coups de l'extérieur qui allaient sûrement aboutir à la chute de toute la palissade.

A travers la faille qui s'agrandissait rapidement, elle voyait apparaître la porte et la roue avant de sa voiture blanche qu'elle avait pris soin de garer sur la galerie de derrière, bien corrée au plus près du mur pour faire corps avec lui. Elle réfléchit un instant au pour et au contre, puis décida de tenter de s'y réfugier. Elle espérait qu'aucune vitre n'aurait été cassée, ayant collé des bandes d'adhésif sur le pare-brise. Elle avait aussi pris soin de ne pas la fermer à clé, et de laisser la clé sur le contact.

Elle attendit encore un peu que la faille soit plus à sa dimension, et se glissa jusqu'à elle, en brisant à coups de marteau l'obstacle d'une planche mal arrachée. Elle rampa vers l'avant de la voiture, et se redressa en s'accrochant à la poignée de la portière. Par l'effort de ses dernières forces rassemblées, elle réussit à l'ouvrir contre le vent qui la frappait de ses rafales plaquées, et elle se retrouva assise sur le siège avant, exténuée, rompue, prostrée, blessée, sauve, sans rien pouvoir faire d'autre que laisser les larmes couler sur son visage trempé sans même pouvoir les essuyer.

Petit à petit, elle reprit ses esprits. L'habitacle était resté à peu près sec. La palissade, poussée de l'intérieur par le vent engouffré sous la toiture, vint s'appuyer sur le flanc de la voiture, la recouvrant comme un toit protecteur.

Elle alluma le plafonnier, enclencha le contact afin de faire tourner le moteur et ouvrit à fond le chauffage, sans savoir s'il allait fonctionner pour cette première fois où elle s'en servait, en prenant soin de régler le ventilateur vers l'intérieur, pour ne pas laisser entrer les effluves du déchaînement extérieur. Une chaleur médiocre de métal brûlé s'insinua comme à regret, suffisante pour arrêter après quelques minutes le tremblement de ses mains et de ses pieds. Alors elle se glissa à l'arrière, se déshabilla entièrement, tira du sac à dos une serviette pour frictionner son corps transi, et enfila un vêtement sec avec de grandes chaussettes pour ses pieds nus. Elle éteignit le moteur, puis s'allongea sur la banquette, en se couvrant de la serviette de bain. Elle sortit du sac son walkman et le casque qu'elle ajusta à ses oreilles, appuya sur le bouton, régla le volume au maximum, et ferma les yeux pour mieux sentir entrer en elle l'invitation au voyage de sortie de son enfer.

La musique lui amena un instant en mémoire une pensée de colibri. Elle imagina qu'un oiseau mort était venu se réfugier près d'elle, petite boule de feu vert chiffonnée à ses pieds. Alors elle repensa au conte du colibri-foufou, luttant cœur battant, assisté du tambour battu par le crapaud, pour la fin de la mort et la défaite des trois bêtes acharnées à la servir.

Au-dehors, le cyclone déchaîné assurait les finitions de la catastrophe. Et pourtant, elle entendait déjà sourdre la résistance de l'île au travail sous le masque du désastre en cours. Tout comme la beauté des rythmes fondateurs était cachée sous le masque de la plus grande laideur du crapaud-tambourineur. Tout comme l'énergie des résistances et des envols sous le masque fragile et délicat du colibri trois fois bel cœur.

La septième heure la trouva endormie.

La fin du cyclone la réveilla.

Table

RÉALISATION : PAO ÉDITIONS DU SEUIL
IMPRESSION : S.N. FIRMIN-DIDOT AU MESNIL-SUR-L'ESTRÉE
DÉPÔT LÉGAL : NOVEMBRE 2002. N° 56476 (61088)